BAŞKA

"Ayrılık ayrı,
aşk bitişik yazılır"

Kahraman Tazeoğlu'*ndan*

DESTEK
yayınları

DESTEK YAYINLARI: 101
EDEBİYAT: 24

BAŞKA / KAHRAMAN TAZEOĞLU

Genel Yayın Yönetmeni: Ertürk Akşun
Editör: Burcu Yaşar
Son Okuma: Betül Yılmaz
Kapak Fotoğrafçısı: Melahat Şen
Kapak Tasarım: Fikirhane
Sayfa Tasarım: Esma Çerçil

57. Baskı: Ağustos 2013
58. Baskı-63.Baskı: Ekim 2013
65.Baskı: Kasım 2013
66.-70.Baskı: Aralık 2013
Yayıncı Sertifika No: 13226

ISBN 978-9944-298-96-4

İnönü Cad. 33/4 Gümüşsuyu Beyoğlu / İstanbul
Tel : (0212) 252 22 42
Fax : (0212) 252 22 43
www.destekyayinlari.com
info@destekyayinlari.com
facebook.com/ DestekYayinevi
twitter.com/destekyayinlari

facebook.com/kahramantazeoglu
mail: sayfa.admeni@gmail.com

Pasifik Ofset Ltd.Şti.
Sertifika No : 12027
Cihangir Mah. Güvercin Cad. No:3/1
Baha İş Merkezi A Blok Kat.2 34310
Haramidere İSTANBUL / TURKEY
Tel: 0 212 412 17 77

BAŞKA

"Ayrılık ayrı,
aşk bitişik yazılır"

Kahraman Tazeoğlu

DESTEK
yayınları

ÖNSÖZ

açtığınız her sayfa yeni bir
önsözdür yaşama...

bu yüzden, hiçbir şey
yazılmayacak buraya.

Kalabalıklar içinde kaybolup gitmeye mahkum bir kalem işçisini,

gözlerinde sakladığı yeşil nehirlerden bakarak "gören",

Yelda Cumalıoğlu'na...

Kitabın oluşma aşamasında her türlü kahrımı çeken ve desteğini

hiç eksiltmeyen Zeynep Demirkaya'ya teşekkür ederim.

"Ayrılık ayrı, aşk bitişik yazılır"

Sonunda onu konuşmaya ikna etmiştim. Buluşma yeri olarak, Haydarpaşa Garı'ndaki lokantayı seçtim. Önünden sürekli trenlerden inen, trenlere binen, her sınıftan insanın geçtiği fakat içine sadece cebinde yeterli miktarda parası olanların girebildiği o lokanta… bir hafta boyunca mesaiye kalıp biriktirdiğim parayı o yemeğe harcamak, umurumda bile değildi.

Buluşma zamanına bir saat kala oradaydım. Önce garda hep bir telaşları varmışçasına yürüyen, solgun yüzlü insanları seyrettim. Veda edenleri, veda edilenleri izledim. İnsan seslerinin ve uğultuların, koskoca bir holün içinde devinerek, kulaklarıma doluşuna aldırmadan, kalkan trenlerin düdükleriyle irkildim. Sonra o kalabalığı ve akışı kendi doğallığına bırakarak lokantaya girdim. Genelde orta yaşlı insanların uğrak yeri olan o lokantada, kapıyı görebileceğim bir masaya oturup beklemeye başladım. Buluşma saatine kırk beş dakika kalmıştı. Farkında olmadan sağ bacağımı hızlı hızlı oynatıyormuşum; masadaki küçük vazo sallanmaya başlayınca fark ettim. Sakin olmam gerekiyordu. Yine bir tren düdüğü ile irkildim. Kendimi sakinleştirmek için ona söyleyeceklerimi tekrar aklımdan geçirdim. Tekrar ettiğim her cümlede, heyecanım biraz daha artıyordu. Acaba teklifimi kabul edecek miydi?

Sözleştiğimiz saatten on dakika sonra kapıda göründü. Sigara dumanının hafif bir sis tabakası gibi etrafı sardığı mekanda gözleri beni arıyordu. Ayağa kalkarak el salladım ve kendimi belli ettim. Yüzündeki ifadesiz ifadeyi hiç değiştirmeden masaya kadar yürüdü. Heyecanım giderek artıyordu. Gülümseyerek, "hoş geldin" dedim, elini sıktım ve sandalyesini çekip masaya oturttum. Yüzünde, duygularını açığa vuran en ufak bir kıpırdanış bile yoktu... bu, işimi biraz daha zorlaştırıyordu.

Sesimdeki heyecanı saklayarak nasıl olduğunu sordum. Yüzüne o an oturan yapmacık bir gülümsemeyle cevap verdi. "iyiyim." Sorumun arkasından, "sen nasılsın" sorusu gelmeyince, bir an önce bu konuşmayı bitirip gitmek istediğini anladım. Moralim bozulmuştu. Ama bunu belli etmedim. Derken bir tren düdüğü daha duyuldu.

Bir ırmak gibi omuzlarına akan saçlarını, ince parmaklarının arasına alarak geriye doğru attı ve iri gözlerinde saklamadığı bir gerginlikle "ne kadar gürültülü bir yer seçmişsin" dedi. Yüzümün kızardığını hissettim. İstersen başka bir yere gidelim diyecek oldum önce. Sonra vazgeçip, "ben burayı çok seviyorum" dedim. "nesini seviyorsun Allah aşkına" diyerek küçümseyici bir tavırla burun kıvırdı. "burası tutunamayan insanların sığınağı gibi geliyor bana" diyebildim sadece.

Yemeklerimizi yerken basit konulardan konuştuk. Sanki ikimiz de biraz sonra yapacağımız o ciddi konuşmaya hazırlıyorduk kendimizi. Yemek biter bitmez bir sigara yaktı. Karnını doyurmuş olmanın ve yemekten hemen sonra yakılan sigaranın keyfiyle gülümseyerek "ee anlat bakalım şimdi" dedi. Anlatacaklarım çoktu ama neresinden başlayacağımı bilemiyordum. Ona olan ilgimin uzun süredir farkındaydı. Hatta zamanla bu ilginin, tek taraflı bir aşka dönüştüğünü de görüyordu. Söyleyeceğim her şeye hazır bir tavrı vardı. Sanki ona daha önceden duymadığı hiçbir şeyi söylemeyeceğimden emin gibiydi. Kendine olan bu aşırı güveni beni telaşlandırıyor, beklediği konuşmayı bir türlü başlatmıyordu. Derken bir tren düdüğü daha duyuldu.

Sonunda cesaretimi toplayıp onu uzun zamandır beğendiğimi ve bir birliktelik umut ettiğimi söyledim. Güzelliğinden cesaret alarak ve bu tür tekliflere alışık bir tavırla "bunu söyleyeceğini tahmin etmiştim" dedi. Dudağından dökülecek bir sonraki cümleyi merak ederek baktım yüzüne. Sigarasını söndürüp devam etti:

- Suskun ve içine kapanık birisin. Bazen içinde ne gibi fırtınalar koptuğunu merak etmiyor değilim. Ama çok suskunsun. Aşkta da böyle misindir?

- Susmayı seviyorum galiba. Evet, ben aşkta da suskunum. Konuştuklarım bir değer ifade etmiyorsa, susmayı yeğliyorum. Zaten hep bu yüzden kaybediyorum. Sustuğum yerden vuruluyorum her defasında... bazen ölüm gibi susarım. Hayatı rafa kaldırmak gibi bir şey bu. Bazen ömrümü öyle bir susarım ki, değme ölümlere taş çıkartır.

Bunu gülerek söylemiştim. Masadaki ağır havayı, gülüşlerimle dağıtmaya çalıştım. Sözlerimin onda bir etki yaratıp yaratmadığını anlayabilmek zordu. Yüzündeki ifadesizlikle devam etti:

- Bu suskunluklar birer kesik gibi duruyor yüzünde biliyor musun?

- Boyumdan büyük kesiklerle büyüdüm ben. Ama bunu ilk söyleyen insan sensin. Oysaki yüzüme hiç bu kadar dikkatli baktığını düşünmemiştim. Şaşkınlık içindeyim doğrusu. Hep, her şeye kırgınmış gibi duran dudaklarım yüzünden biliyorum... hayata karşı takındığım bu gizli küskünlük en çok dudaklarıma yansıyor. Hiç farkında değilim bunun. Ne zaman biri kalbimi kırsa, dudaklarım küçük bir çocuğunki gibi büzüşüyor, küskünlük akıtıyor her yere.

- Bence yine de yüzüne binlerce sıfatsızlık sıkışmış insanlardan daha güzel görünüyor bu halin.

Masaya oturduğumuzdan beri ilk defa bana dair güzel bir söz çıkmıştı ağzından. Aslında o sözün beni öven yanıyla değil, içinde barındırdığı tecrübeyle ilgileniyordum. Bir insanın, başka insanlar için "yüzüne binlerce sıfatsızlık sıkışmış insanlar" diye bahsetmesi, o kişinin yaşarken ne gibi deneyimlerden geçtiğini de anlatıyordu. "yüzüne binlerce sıfatsızlık sıkışmış insanlar" diyen bir insanla konuşuyor olmak demek, çok kez aldatılmış, kandırılmış ve bunların sonunda insan sarrafı olmuş, insanları bir bakışta tanıyabilen biriyle konuşuyor olmak demekti.

Bu gerçek beni ona daha çok bağlıyordu. Hatta giderek daha fazla hayranı oluyordum. Derin bir sessizlik oldu masada. Dirseklerini masaya koydu ve gözlerimin içine bakarak devam etti:

- Biliyor musun? Senin herkesten farklı bir yanın var. En neşeli kahkahanda bile bir keder gizli. Ellerin sürekli cebinde. Sanki bir şeyleri gizler gibisin. Sanki tutunamayan bir aşkzede duruşun.

-Neyzede olduğumu ben de bilmiyorum. Ama hep bir yıkılmışlığım, adını bir türlü koyamadığım mağduriyetim var. Deprem sonrası her şeyini yitirmiş insanların çaresizliğini andırıyor bu halim. Bir şey zedeyim evet! Ama neyzede olduğumu inan ben de bilmiyorum. Aşka küfredenlerin aşkta daha çok sevindiğini görüyorum. Aşk kendisine sövenleri nasıl anlıyor da onlara mutluluk sunuyor anlayabilmiş değilim. Ben aşkın bilmediği bir dilde mi küfür ettim de bana bu kadar hoyrat davrandı? Ben aşka nece sövdüm bilmiyorum. Ellerin diyorsun. Ellerim neyin cebinde sence? Gerçekten ceplerimde mi yoksa sadece onları fark etmesini beklediğim insanların görebileceği korunağında mı?

- Farkında mısın bunları söylerken bile ellerin masanın altından hiç çıkmadı.

Bunu fark etmiş olması beni çok şaşırttı. Gerçekten de ellerim masanın altından hiç çıkmadı o konuşma boyunca... kurabiye çalarken yakalanmış bir çocuk telaşıyla hemen masanın üzerine koydum ellerimi, utanmıştım. O ise karşımda kendinden emin ve alaycı bir gülümsemeyle halimi inceliyordu. Bir sigara daha yakıp devam etti:

- Bazen, hayata bir saate bakar gibi baktığını düşünüyorum. Heyecanlı ve içinin içine sığmadığı zamanlarda, veya sevinilecek bir şeye doğru ilerlerken acelecisin. Sanki öyle zamanlarda, saatinin akrep ve yelkovanı hiç ilerlemiyor. Kendinle baş başa kaldığın ve hayatın sırtına yüklediği sorumlulukların seni ezdiği, aşk ve acının aynı anda üstüne çöreklendiği zamanlarda da sanki o akreple yelkovan yerinden fırlayacakmış gibi... bunun en kötü yanı ne biliyor musun? Hayata saatten baktığın sürece, eskiyen onbir'in hesabını hep oniki'den soracaksın.

Söylediklerini büyük bir şaşkınlıkla dinledim. Beni başından savmak için türlü bahanelere başvuracağını düşünürken, o, karşıma geçmiş benimle ilgili analizler yapıyor. Daha da kötüsü bu analizlerin hepsi doğru çıkıyor. Benim bile yüzleşmekten korktuklarımı bir bir masaya döküyor, kırmaktan hiç korkmadan, aldırmadan... hatta fütursuzca...

Nutkumun tutulduğunu hissediyorum bir an. Önümdeki suya uzanarak bir dikişte bitiriyorum. Bu beni biraz rahatlatıp, vereceğim cevap için bana zaman kazandırıyor:

- Söylediklerinde haklılık payı çok büyük. Ama durumum tamamen bununla da özetlenemez.

- Zaten ben de psikolog değilim. Sadece gördüklerimi ve hissettiklerimi söylüyorum.

- Hayatın o kocamanlığı içinde bazen kaybolduğumu, boğulduğumu hissediyorum. Kaçıp kurtulmak istiyorum. Ama kaçmak istediğim o hayat, istemediğim şeylerin yanı sıra, hasretini çektiğim şeyleri de sunuyor bana. Sevmek gibi, aşk gibi, sen gibi... hayatın anlamını çözmeye çalışırken uyuyakalıyorum bazen. O kadar yoruyor ve kandırıyor ki beni. Sonra en kandırıldığım yerden küsüyorum hayata.

- Bana ellerini ver!

- Efendim?

- Ellerini ver dedim.

Kalbim hızla atmaya başladı. Benden ellerimi istiyordu. Konuşurken nereye koyduğumu bilmediğim ellerimi... acaba yine masanın altına mı saklamıştım? Biraz önceki sahneyi, hızlıca düşünmeye başlıyorum hemen. Filmi geri sarıp tekrar izlediğimde, ellerimin masanın altında değil, anlattıklarımla ahenkli bir halde hareket ettiğini görüyorum. Bu beni biraz rahatlatıyor. Korkarak ve titreyerek uzatıyorum. İçimde uçurumdan aşağı yuvarlanırcasına bir his beliriyor. Ellerime uzandığı her saniyeyi, ağır çekimde izliyorum sanki. Her iki elimi de avuçlarının içine alıyor. Sıcacık ellerini, kalbimin derinliklerinde hissediyorum. Ama bu bir el ele tutuşma değil. Biz, el ele tutuşmuyoruz. Sadece o benim ellerimi avuçlarının içine, sanki biraz sonra bana geri verilecek bir emanetmiş gibi yerleştiriyor. Avuçlarımın içi tavana doğru bakacak şekilde tutuyor ellerimi. Avucuma bakarak:

- Bak bunlar senin hayat çizgilerin. Birbiriyle kesişen, birbirinden uzaklaşan. Birbirine hiç dokunamayan karmakarışık çizgilerle dolu avucun. Kimi derin bir iz taşıyor, kiminin varlığı bile şüpheli. En incesinden en kalınına varana kadar hepsi bir yer tutuyor avucunda. Ve şimdi bir düşün; o koskoca hayat dediğin çizgiler sadece avuç için kadar senin... iki avuç içine sığıyor bak o koskoca hayat dediğin çizgi... hayatı bu kadar büyütme ve her şeyin aslında senin avuçlarının içinde olduğunu bil!

Sözleri bittiğinde derin bir sessizliğe gömüldüm. Kurduğu her cümle beni biraz daha cahil kılıyor, sanki o konuştukça ben eksiliyordum. Bugüne kadar hiç kimse hayatın gerçeğini bana bu şekilde göstermemişti.

Konuşma uzadıkça, biraz daha rahat davranmaya başladığını gördüm. Daha çok gülüyor, konuşma aralarına espriler sıkıştırıyor ve yüzündeki anlamsız ifade, yerini sevecen bir hale bırakıyordu. Ellerini ellerimden usulca çekerken, sanki parmaklarıma bıraktığı sıcaklık ruhumun her yanını sarar gibiydi. "keşke ellerimi ellerinden hiç ayırmasaydı" diye düşünürken, o çoktan masadaki kendi sınırlarına dönmüş, arkasına yaslanmıştı.

Ona sormak istediğim o kadar çok soru vardı ki... her birini tek tek sıralamak ve hepsine tatmin edici cevaplar almak istiyordum. En fazla cevabını merak ettiğim soruyu bir çırpıda soruverdim:

- Düşündüğümden de fazla tecrüben var hayat konusunda. Kolay kolay aldanabileceğini sanmıyorum. Doğru, değil mi?

- Değil! Bu maskeli baloda, kimin gerçek yüzüyle dolaştığını bilmek zor. Belki şu anda ben bile bir maske takıyorumdur. Gerçekten maske takıp takmadığımı kendim bile bilmiyorum. Bilsem, inan şu anda itiraf ederdim bunu. Bürünmek zorunda kaldığımız kişiliklerin, zamanla "bizim" olduğunu, bize yapıştığını, bir yama gibi sırıttığını fark ettiğimizde, gerçek benliğimizi çoktan kaybetmiş oluyoruz.

- Ama dostlarımız var. Sevdiklerimiz var. Onlar, bize hatırlatmıyor mu kaybolan kişiliğimizi? Onları sahte kimliğimizle, maskeli bir anlayışla nasıl sevebiliriz ki?

- Dost mu? Ne dostu? İnsandan insana dost olmaz! En gerekli yerde, engerek oldu dostlarım. Sinsiliklerini sinsice sakladılar. Ben insana inanmam. Hele aşka hiç! Bana aşık olduğunu söyleyen, beni etkilemek için etrafımda maskelerle dolaşıp hep iyi yanlarını gösteren asalaklarla dolu her yanım. Hepsinin gerçek yüzünü biliyorum. Yaşadığını zanneden ödlek ölüler hepsi. Onlar gibi olmaktansa gerçekten ölmeyi yeğlerim. Bir gün bir tanesine ne dedim biliyor musun? "yaşar gibi yapıp "sence" ölmektense, ölür gibi yapıp "bence" yaşarım daha iyi" dedim. Tabi hiçbir şey anlamadı mongol. Salak salak yüzüme baktı.

- Sonra ne oldu?

- Baktım anlamıyor, onun dilinden konuştum. "canın cehenneme" dedim, anladı.

İkimiz de buna çok güldük. Zamanın nasıl geçtiğini anlamıyorduk. Konuşmalarımız kaydedilse, nerdeyse hayat dersi olabilecek tarzdaydı. İçimden "iyi ki ona aşığım" diye geçirirken, ben de anlatmaya başladım eski aşklarımı. Bu sırada bir tren düdüğü daha çaldı.

- Benim de çok acı çektiğim aşklarım oldu. Bir tane Ayten vardı mesela... çok çektirdi. Hep sevilmek isterdi ama karşılığında verdiği sevgide de oldukça cimriydi.

- Ah bilirim öylelerini. Vermeden almayı sever onlar.

- Evet, hep olmadık ve bitmeyen istekleri vardı. Sonunda canıma tak etti ve "sen bana güneşten yağmur çal diyorsun" dedim. Afalladı. Hiç böyle bir tepki beklemiyordu. Ben de artık nasıl birikmişsem, ağzımdan çıkıverdi işte.

- Ee sonra?

- Sonrası bilinen son işte... tartışma büyüdü, büyüdü en sonunda ona bağırarak "Sen sevdana baş aktör değil, provasız aşklarına figüran arıyorsun." dedim. Sonra o bana ne dedi biliyor musun?

- Ne dedi?

- "canın cehenneme"

Birden ikimiz de kahkahalara boğulduk. Gözümüzden yaş geliyordu adeta. Sonra birden durup, "senin de kederle evlenip boşanmış dul neşelerin var" dedi. "dört tarafı gözyaşıyla çevrili..." Gülüşüm asılı kaldı yüzümde. Bunu, başka hiçbir cümle bu kadar iyi özetleyemezdi. Neden der gibi baktım yüzüne:

- "en neşeli kahkahanda bile bir keder gizli." derken, işte tam da bunu anlatmaya çalışıyordum. Senin şekerle tatlandırılmış gözyaşların var. Kahkahaların en gizli ağlama biçimin aslında. Herkesten gizliyorsun acılarını. Üstelik bu gizlediğin acıların üstünü gülüşünle örtüyorsun. Sorarım şimdi sana; senin acın kaç şekerli?

- Beni apansız yakaladın. Sana karşı kendimi çok zayıf hissediyorum. Bir ayna görüyorum sanki karşımda. Üstelik hep kaçtığım, görmezden geldiğim bir ayna.

- Belki de... ama şunu unutma; kimse kendisinden daha iyi bir ayna olamaz kendisine. Belki senin aynan kendine kırıktır? Yüzüne bakmasını bilen, sakladıklarını okumasını da bilir.

- Herkesten sakladığım, alnımda ismiş haberim yok.

- Anlamadım?

- Yani ben her şeyi sakladığımı sanırken, meğer tüm sırlarımı yüzümde taşıyormuşum. Hani olur ya bazen bilirsin. Alnına bir is sürülür, sen göremezsin. Akşama kadar o isle dolaşırsın. Herkes yüzüne bakar, güler ama kimse seni uyarmaz. İşte o yüzden öyle söyledim.

- "herkesten sakladığım, alnımda ismiş haberim yok." diyorsun. Haberin yoksa, suçun da yok demektir. Sen masumsun. Suçlu olanlar; o isi görüp de seni uyarmayanlar.

- Buradan sıkıldım, biraz yürüyüş yapalım mı?

- Peki.

Hesabı ödedim ve çıktık. Garın deniz tarafına bakan merdivenlerine yöneldik. Rüzgar saçlarını dağıtıyordu. Yüzümüze çarptıkça, içerinin üzerimize yapışan o ağır havasını dağıtıyordu. Akşam serinliği, uzaklardan duyulan bir türkü gibi sarıyordu bedenlerimizi. Ağır adımlarla kıyıya indik. Denizde kırpışan ışıklara daldık bir süre. İskeleye yanaşan vapurları seyrettik. Bir ara "hava biraz serinlemiş" dedi. Üzerimdeki ceketi çıkarıp omuzlarına örttüm. Rüzgardan savrulan saçları yüzüme dokundu o sırada. Gözlerimi kapatıp, kokusunu içime çektim. O anda dönüp sordu:

- Güzel kokuyor değil mi?

- Duyduğum en güzel kokuydu. Ne kullanıyorsun?

- Havadaki kokudan bahsediyorum ben! Lodosun getirdiği kokudan…

- Ha pardon. Evet evet. Hissedebiliyorum. Çok güzel.

Utancımdan yerin dibine girdim. Ellerimi nereye koyacağımı şaşırdım yine. Baş belası eller! Komik duruma düşmüştüm. Düştüğüm bu durumdan faydalanıp, kahkahalarla gülebilirdi. Gülmedi. Beni aptal aşık durumuna düşürebilirdi. Düşürmedi. Sadece "hava mevsim normallerinin altında" dedi. "mevsim normallerinin umrunda mıyım" diye homurdandım kendi kendime. "ne dedin?" diye sordu. "yok bir şey" diye geçiştirdim.

Birkaç adım ötemde durdu. Gözleri hala denizdeydi. Yanına yaklaşıp "seni sevdi diye yüreğimden utanma" dedim. Yüzüme baktı ve:

- Neden utanacakmışım ki?

- Bilmem. Kendimi birden çok değersiz hissettim. Öylesine çıktı işte ağzımdan.

- Kendinden korkan bir tarla korkuluğu gibisin biliyor musun?

- Bu da nereden çıktı?

- Utangaçlığının üstünü utancınla kapatmaya çalışıyorsun. Beni sevdiği için kalbinden utanmamamı isterken, en çok kendi utanç-

larının üstünü kendi utancınla örtüyorsun. Bu kadar ezik olmamalısın. Bu yüzden kendinden korkan bir korkuluksun işte.
- Sözlerin çok ağır, çok yaralayıcı ama çok gerçek. Sana kızmıyorum... kızamıyorum. Ne kadar zehir de olsa kelimelerin, hepsi doğru. Sana şimdi seni sevdiğimi söylemek isterdim ama biliyorum sen bugün de kapalısın "seni seviyorum"lara. Sen benim görmek için bakmaya gerek bile duymadığım ezberimsin. Ama yanında kendimi, kirli bir peçete gibi hissediyorum. Şu rutubet ve sidik kokulu duvarlara benziyor yüzüm. Hatta ondan daha değersiz.

- Bunu yapma işte! Kendini değersiz kılma. Biraz daha böyle konuşursan, komplekslerin olduğuna inanacağım. Davetini kabul ettim ve geldim. Seni değerli görmesem, bana ilgi duyduğunu bildiğim birinin yemek davetini kabul etmezdim!

- Sen çok şeyken bir şeyde, ben bir tek senim herkeste. Evet bende o kadar çoksun ki... o yüzden çok şeysin bir şeyde... yani bende... ama ben.. ama ben herkesin seni sevdiğimi bildiği biriyim. Yani herkese göre sen'im ben. Sen olmuşum. Ve bunu herkes biliyor. Sense şimdi öğreniyorsun.

- Yemek tarifi gibi verilen aşk tariflerine benziyor sözlerin. Bence sen aşkı sadece "çok sevmek" olarak algılıyorsun. Oysa karşılıklı sevmektir aşk... karşılıklı sevmek ve kavuşamamaktır... o yüzden ben aşk dedikleri birlikteliğe inanmam. Kavuşmuşsan o aşk olmaz. Ayrıca, kibarlığın arkasına sığınma ve beni kırmaktan korkma. Çünkü ben seni kırmaktan korkmuyorum. Bundan korkarsam, düşmanın gibi davranmış olurum. İnsan değer verdiği insanın yüzüne gerçekleri vurmalı... bir şamar gibi gelse de...

- Kibarlığım edilmez küfürdür belki. Sen anla onu! Kimse anlamadan ya sustum ya suçtum. İki türlüsü de bana ziyandı. Ne insanlar anlayabildi derinliğimi, ne ben anlayabildim onların sığlığını. O yüzden hep sustum ve sustukça suç oldum. Ama hiç işlenmedim.

- Bir esaretin içindesin bence. Oysa... oysa tek yapman gereken şey; o esaretin başına bir "c" harfi koymak.

- Bir ölüme bin Azrail saldın farkında mısın?

- İnsanı en çok kendi mevsimini terk eden "sahte karlar" aldatır. Ben sana cesaretten bahsediyorum, sen hala hayatın kocamanlığındasın. Kaybolmaya mahkumsun sen kendi kuyunda.
- Üzüldüğüm kadar ağlayamadım hiçbir zaman. Hep eksik yaşadım, hep eksilerek yaşadım. Acıdan uyuşmuş bedenime birer dokunuş gibi geliyor bu sözlerin. Yine de çok seviyorum seni; sabah aydınlığıma koca bir "iyi akşamlar" bırakıp gitmene rağmen... olsun...senin de bu çorbada acın bulunsun.

- Şiir gibi konuşuyorsun yine. Ben nice ateşli şairlerin taramalı şiirlerinden kaçtım biliyor musun? Ben de çok sevdim. Yenildim. Gidene gözyaşı dökmek yerine, yolda karşılaştığım çok bulutlu bir iklimle ağlaştım. Bak, istediğimde ben de şiir gibi konuşabiliyorum. Aşk bir armağandı bana... hiç alamadığım! Gidenler, aşksız armağanlarını vermeden gittiler... ben de armağansız aşklarıyla yetindim. Sonra düşündüm kendi kendime. Ulan dedim, onlara helal olan her halt, neden bana kabahat?! Hep gidenler mi kazanmak zorunda? Sonra neyi öğrendim biliyor musun?

- Neyi?

- Öle öle sağ çıkmayı her aşktan.

İkimiz de ağlıyorduk. Rüzgara karışan hıçkırıklarını duyuyordum. Sarıldım ve göğsüme bastırdım. Öylece kaldık dakikalarca. O güçlü kız gitmiş, yerine yenik bir insan gelmişti sanki. Ancak kollarımdayken hissedebiliyordum zayıflığını, çaresizliğini. Hemen yakındaki bir banka oturup, birer sigara yaktık. Artık vapurlar yanaşmıyordu iskeleye. Sokaktaki insanlar şekil değiştirmeye başlamış, evine telaş içinde yetişmeye çalışan insan profilinin yerini, gece insanları almaya başlamıştı.

Sigarasından derin bir nefes çekerek "hadi bana iyi gelecek şiirlerinden birini oku" dedi. Hiç tereddüt etmeden elimi cebime attım. "oo, bakıyorum hazır dolaşıyorsun" diyerek yüzündeki kederli havayı, muzip bir tavra çevirdi. "ceplerim ölmüş şiirlerimin tabutluğu gibidir" dedim. Şefkatle yüzüme baktı. Ona, cebimde unuttuğum, kimi yarım yazılmış, kimi sadece başlık halinde kalmış şiirlerimden bahsettim. Ölü doğan şiirlerimden... prematüre şiirlerimden... bir masal dinler gibiydi. Ağlamak onu uysallaştırmış, bana daha da yaklaştırmıştı sanki... sesinde bir kırıklık vardı. Ağlamış olmasının sonucu diye düşündüm. İşte o kırık sesiyle konuşmaya başladı yeniden:

- Yağmurluk giydiği için yağmur yağacak zanneden insanlar vardır. Bir an kendimi onlardan biri gibi hissettim.

- aa neden böyle bir şey düşündün şimdi?

- Ne bileyim. Öyle şiirden falan bahsedince, bide sen hazır batarya gibi cebinden şiir çıkarınca onlar geldi aklıma. Peki hiç bana şiir yazdın mı?

- Seni sevdim de yazmasını bilemedim.

- Bu gerçekten komik. Bazı sözlerin gerçekten çok eğlenceli.

- O senin güzelliğin. Ama istersen şimdi sana bir şiir yazabilirim?

- Hayır! Buna gerek yok. Şiir dediğin yokluğa yazılır. Hem sana ayrılık şiirlerini yakıştırıyorum ben. Sen ayrılık şiirleri yazmalısın hep. Bak şimdi yan yanayız, ayrılık ayrı, aşk bitişik yazılır.

O anda kafamda binlerce şimşek çaktı. Evet. Şu anda yan yanaydık ve ayrılık şiirleri yan yanayken yazılmazdı. Ayrı kalınca yazılıyordu her ayrılık şiiri. Birlikteyken, bitişikken aşk yazılırdı ancak. Ama o bana aşkı değil ayrılığı yazmayı yakıştırıyordu. Demek ki o şiir bir gün yazılacaktı... ya da bu gece.. yani... ayrılık...
"benim hak edilmiş hüzünlerim var; üzgünüm sana veremem" dedim birden. O şiiri hiç yazmayacaktım. Bunda kararlıydım. Sigarasını söndürdü. "sen üşümedin mi" dedi. "hayır" anlamında başımı salladım. Yine o yıkık halime dönüyordum. O ise yine o küçümseyen bakışlarıyla yüzüme bakarak konuştu:

- Kayan yıldızların aldattığı çocuklar gibisin. Günler açıyor, günler soluyor arka bahçende bilmiyorsun. Dar zamanların geniş sonuna doğru yürüyoruz şimdi seninle. Birazdan bu yaşanmazlık oyununa iki kaybeden olarak devam edeceğiz. Ansızın bastıran sağanak ölümler kuşatacak her yanımızı. Üzülecek çok şey olacak belki ama biz sadece kaybettiklerimize ağlayacağız. Kaybedilenlerin kaybolurken bıraktıklarını çok sonra fark edeceğiz... çünkü gidenler, dayanma gücümüzü arttırır.

- Biliyorum gideceksin sen de. Bu sözlerin, gidiş yolunu hazırlıyor. Oysa ben, şah damarımı verdim sana. Oysa ben dokunduğun yerden ağlardım. Gözlerini nereme diksen, oram yalnızlaşıyor. Bak, benden sen çıksa sıfır kalıyor. Seni her yarım bıraktığım cümlede kendimi okuyorum. Aşk, aşk diye bağırırken sana, nasıl da bir fısıltı olarak kaybedildim kulağında anlamıyorum. Yalan fırtınaların en gerçek yıkılmışı olarak bırakacaksın beni biliyorum. Ben kalbinden kırıklarını toplamak için gelmişken, beni hain bir kürtajla aldırıyorsun içinden. Galiba ben bu aşkta iyi halden müebbet yedim. Meğer bir silgiyle izi kalmayan yazıymışım... kendimi alın yazısı sanırken...senden kalan gamdır bu ölümseniş.

Gözlerim yine dolmuş, ellerim titremeye başlamıştı. Bu kez o bana sarıldı. Sanki teselli etme sırası şimdi ondaydı. Sarsılan ruhum, tamir edilemez bir yıkımın eşiğindeydi. "seni anlıyorum. Büyük seven kalbin acısı küçük olmaz." dedi. Bir anne şefkatiyle saçlarımı okşadı ve devam etti sözlerine:

- Kokusunu duyabildiğin kadar seversin bir gülü. Bu aşk bizi yaslı gösteriyor. İkimiz de birer yeniğiz. Bir zaman sonra başka aşkların intikamını birbirimizden alacağız. Birbirimize gitmek adına birbirimizi tüketeceğiz. Her türlü yemin tamir edilir belki. Ama kırık bir kalp, kendine atar sadece. Kıştan silinen kar, sonbahardan sürgün edilen rüzgar ve yazdan kaçan güneş, bahara sığındı. Bunu görmelisin. Bunu görmeli ve o baharda kalmalısın. Ben sadece senin baharına yaprak olabilirim.

- Yağmurun sesini açmakla, iç kanamamdaki çığlığı bastıramazsın. Ben seni baharıma yaprak değil, yapraklarıma bahar bildim. Terimi gözyaşımla sildim. Ama şimdi her aşkın başı sanırken, yangında son kurtarılacak olarak buldum kendimi. Elini sol dikişten sızan kanıma ban. O zaman anlarsın sana nasıl kanadığımı. Sen ki nice nice yardan adamlar erittin. Nice aşkların alfabesini değiştirdin. Anlarsın gerçek seveni. Var gitme...

- Ben bile gıyaben tanıyorum kendimi. Bir araya gelmeyen, gelse de hiçbir şeyi gizleyemeyen iki yakam var sadece. Birinde sen olacaksın, diğerinde ben. Ama hiç bir araya gelemeyeceğiz. Bunu mu istersin? Her aşk kendini çözebildiği kadar eksiktir. Sen yeni aşkların adamı olmalısın. Benden sana sadece ayrılık şiiri çıkar...

Yavaşça ayağa kalktı. Gidiyordu işte. Ardı yapacaktı beni. Sildim göz yaşımı kalktım ayağa. Her soruyu anlama çeviren gözleriyle sustu. Bana acıyarak bakıyordu. Noktası çalınmış cümle sonum gibi durdu öylece. "sana birbirinden güzel yalnızlıklar biriktirdim." der gibiydi. Dudakları kıpırdadı, inler gibi, "çok çocuk kaldın aşka, kendi gölgesine basmaktan korkan..." diyebildi sadece.

İşte gidiyordu. Bir daha hiç dönmeyecekti. Bir daha hiç olmayacaktı. Sadece bir "gitme" çıkabildi dudaklarımdan. Yüzüme baktı ve "artık sözlerin merheme yara olmaya başlamışsa, içimdeki seni sus, içindeki beni duy." dedi ve sırtındaki ceketimi bankın üzerine bırakarak yürümeye başladı. Son sözleri bunlar olmamalıydı! Arkasından "beni hiç almadığın hayatından böyle ucuz kovamazsın!" diye bağırdım. Geriye döndü ve "davet edilmediğin yerden kovulmazsın." dedi. Son sözüydü. Gitti...

Ve bir daha hiçbir tren düdüğü duyulmadı...

"ANLADIM Kİ AYRILIĞA DEĞİL, AYRI KALMAYA YENİLİYOR İNSAN"

"seni ne kadar çok sevdiğimi, biri seni sevince anlayacaksın"

Heyecan yüklü bir bulutun yüreğinize inişini izlersiniz önce... Sonra, o bulutun size aşık olan insanın verdiği huzurun yansıması olduğunu anlarsınız. Evet! Biri size aşıktır. Sizi seviyordur. Bakışlarında kendinizi görebiliyorsunuzdur. Kaldırımda daha dik yürüyorsunuzdur artık... akşamlar daha erken geliyordur mesela... sabahlar daha geç...

Sevilmek ve aşık olunmak gücünüze güç katmaya başlamıştır, size enerji veriyordur. Hep arasın istersiniz. Arar. Hep kıskansın istersiniz. Kıskanır. "seni seviyorum" diye biten mesajlarıyla doludur cep telefonunuzun hafızası. Adı, her aklınıza geldiğinde kalbiniz hızlı hızlı atmaya başlar. Başkalarının gözüne uzun uzun bakmayı bile ona ihanet zannetmeye başlarsınız. Böyle geçip gider günler.

Sonra onu daha az düşünmeye, hayatınızı dolduran uğraşların içine daha çok girmeye başlarsınız. Günlük yaşantınız içindeki meşguliyetler, aşkın biraz daha beri yanına iter sizi. Ama siz bunun farkında değilsinizdir. "neden aramıyorsun"lar, "sonra arar mısın"lara, "seni seviyorum"lu mesajlara yanıtınız "s.s" lere dönüşür. Hayatın hayhuyu içinde kaçırıverirsiniz size aşık olan kişinin aslında ne kadar kıymetli bir yar olduğunu.

Uzun zaman direnir aşığınız. Ama hayatın hep arka fonunda kalmak bir gün onu da yorar. Geldiği gibi, sessizce çekilir ve gider hayatınızdan... yer değiştirmiş olan alışkanlıklarınız hemen hissetmez yokluğunu. Zamanla ağırlaşır, zamanla koymaya başlar eksikliği. Sonra "aman Allan'ım ben ne yaptım"lar pelesenk olur dilinize. Ama "o" artık elinizi uzattığınız yerde değildir.

Ya ağır yaralarla ya da hafif kanamalarla geçirirsiniz bu süreci.

Zaman, alır ve ötelere sürükler sizi. Bir zamanlar anlamadan yaşadığınız aşk, acısını çok sonra, sizi bir istimlak gibi kuşatarak yaşatır. Ama o artık yoktur. Belki de bir zamanlar sizin kıymetini bilmediğiniz o aşkı, şimdi başkalarına sunuyordur. Kim bilir...

Herkes kendi yolunda yürür... ve bilirsiniz ki her "aşk yitiğine" yeni bir yol vardır nasılsa. Mühim olan, o yeni yollarda eski aşkların tecrübesiyle nasıl yürüdüğünüzdür.

Hayat devam edecek. Her şey unutulmaya yüz tutacak. Belki çok daha yakışıklılarını, çok daha güzellerini seveceksiniz. Ama... ama hiçbir zaman aşka o kadar saf teslim olamayacaksınız. Başka omuzlarda hep o giden için ağlayacak, başka şehirlerde, başka aşkların peşinde koşacaksınız. Yine seveceksiniz, yine sevileceksiniz. Fakat, her şeyde bir eksikle... kimse sizi onun gibi sevmeyecektir... her gelen eksik gelecek, her giden size o'nu getirecektir.

Meğer ne kadar da zormuş değerince sevilmek diyeceksiniz. Başkalarının size aşk diye sunduğu sevgi kırıntılarını sonsuzluğa uğurlarken, bir zamanlar size biad eden sevgilinin kıymetini buruk bir pişmanlıkla anlayacaksınız. Tam da böyle bir zamanda o'nun son mesajını hatırlayacaksınız, "seni ne kadar çok sevdiğimi, biri seni sevince anlayacaksın"

"Kendinde aradıklarını başkasında bulanlar, aşkı bulduklarını sanırlar. Bu yüzden aşk sanmaktır. Kalıcı bir şey değildir aşk. Aşkın sadece gitmesi vardır. Ama giderken yerine çok daha büyük bir şey bırakır. Sevgi... aşkta kafamızı karıştıran asıl şey neden aşık olamadığımız değil, neye aşık olmak istediğimizdir."

„SEN SANA GÖZLERİMDEN BAK, GÖR NASIL SEVECEKSİN KENDİNİ“

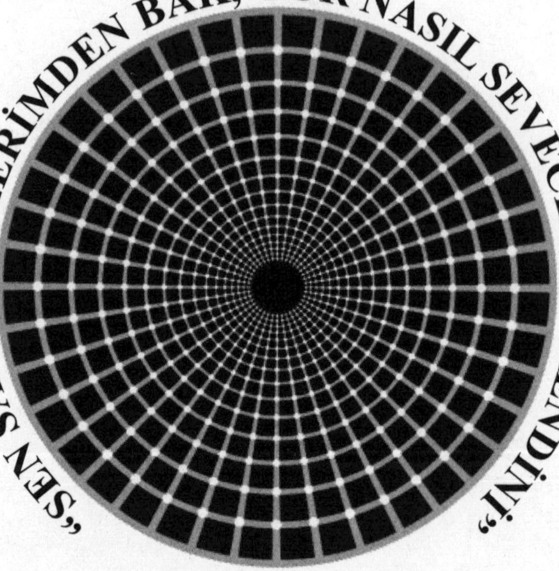

"bir gün gidersen,
beni 'kaldığına' inandırarak git.
Ben ancak,
gitmediğine inanarak yaşayabilirim..."

Kasım 1987... İstanbul yağmur ağlıyor... soğuk... Kadıköy'de bir saçak altına sığındık. İzbe bir köşeden, yağmurdan kaçanları izliyoruz... sımsıkı sarılmışız birbirimize... kafası tam göğsümün üstünde duruyor.

Başını hafifçe kaldırıp, iri gözleriyle yüzüme baktı ve "buradan kalbinin atışını duyabiliyorum" dedi. Gülümsedim. Islak saçlarını kokladım. Eli elimdeydi. Öpüşmenin tılsımını daha keşfetmemiş ve tüketmemiştik... sırılsıklamken bile ıslanmaya devam etmekten şikayetçi olmamaktı galiba aşk...

İstanbul, hala yağmur ağlıyordu. "sana olan sevgim neden hep korkuyla beraber büyüyor içimde?" diye sordum sonra. Önce duraksadı. Hiçbir şey söylemedi. Bir şimşek, aydınlattı caddeleri. Ardından kocaman bir gök gürültüsü duyuldu. Sıçradı ve daha sıkı sarıldı. "sanırım gitmemden korkuyorsun" dedi kaygılı bir ses tonuyla. "sevdikçe korkuyorsun, korktukça daha çok seviyorsun" diye devam etti. Yağmur iyice hızlanmıştı. Evet, sevgim büyüdükçe, onu kaybetme korkum da büyüyordu aynı orantıda. Hatta zaman zaman o korku, sevginin önüne geçiyordu. İşte öyle zamanlarda arabesk bir hüzünle çıldırıyor, saldırganlaşıyor hatta kalbini kırıyordum; sebebini bile bilmeden... İstanbul hala yağmur ağlıyor...

Birini hep kaybedeceğinizi düşünerek seviyorsanız, aşkı didikleyerek yaşamaya başlıyorsunuz bir zaman sonra... tutunamayanlardan oluveriyorsunuz hiç anlamadan...daha fazla sahip çıkmak adına kısıtladığınız özgürlükler, korkularınızın tetiklediği kıskançlık nöbetleri ve sizi o son noktaya getiren "ben sana güveniyorum, etrafa güvenmiyorum" söylemiyle maskelediğiniz, kendinize olan güvensizliğiniz ve siz…

Peki, sonuç ne mi oluyor? Korktuğunuz şey sevdiğiniz insanın bir gün başkasını sevmesi olduğu halde, aslında sevdiğinizi siz, "başkalarını sevmeler"in kapı eşiğine kendi ellerinizle bırakıyorsunuz bilmeden! Sonra, yaptığınız yanlışın ne olduğunu dahi anlamadan, hep karşı tarafı suçlayarak kendi yolunuza devam ediyorsunuz; sebebi "kendiniz" olan hak edilmiş bir terk edilmişlikle…

Bunları nereden bilebilirdim ki o zaman. Benim yaşadığım hikayeyle hiçbir ilgisi yoktu bunun. Aşkın dikenli yollarına yalınayak fırlamış, fırlatılmıştım… ve toydum… ve kirlenmemiş… ve çok çocuk… ve İstanbul hala yağmur ağlıyordu.

Bir kafeye girdik sonra... Sıcak bir çayla ısıttık içimizi. Bir ara masadan kalktı ve ben peçeteye alelacele bir not karaladım. "Bir gün gidersen, beni 'kaldığına' inandırarak git. Ben ancak, gitmediğine inanarak yaşayabilirim..."

O gelene kadar çantasına atıvermiştim bile.

Günler haftaları, haftalar ayları kovalıyor; onunla buluşmak giderek güçleşiyordu. Önce okul, sonra ailesi, sonra iş… en sonra ben… bazen bakkala bırakılan küçük notlarla, bazen de eve gönderilen uzun mektuplarla, kağıtlarda sürüp giden bir aşka dönüşüyordu bu ilişki. Ve ben yolumu "yolu" yapmanın hayalleriyle, bir türlü fark edemiyordum hunharca akıp giden zamanı…

Yıllar sonra, İstanbul'un yine yağmur ağladığı bir günde kendimi Kadıköy'deki o saçak altında buluverdim. Onunla ıslandığımız son izbedeydim şimdi. Ve hayatın tuhaf tesadüflerinden biri gerçekleşti o gün… önce bana doğru el ele yürüyen bir çift gördüm. Oydu… gülümseyerek yaklaştılar ve yıllar sonra gördüğü uzak bir dostuna uzatır gibi uzattı elini. Dokunmanın hazzını artık unuttuğum elini sıkarken, "ne kadar uzun zaman oldu değil mi Kahraman?" diye sordu. İşte o anda anladım, yıllar önce bir peçeteye karaladığım o notun gereğini yaptığını...

Evet! Dediğimi yapmıştı. Beni kaldığına inandırarak gitmişti işte! Bense hep yanımda olduğunu düşünerek devam etmiş, edebilmiştim yaşamaya. Öyle ya ancak gitmediğine inanarak yaşayabilirdim, o da beni böyle yaşatmıştı işte... sonra yanındakini işaret ederek, "tanıştırayım, nişanlım Faruk"dedi. Yüzüme zorla yerleştirdiğim emanet gülüşümle selamladım. Ayaküstü yapılan kısa ve boş bir sohbetin ardından, sadece söylenmiş olmak için söylenen bir "kendine iyi bak"la uzaklaştılar yanımdan. İstanbul yağmur ağlıyordu.

Yıkılmışlığımın enkazı altında nefes almaya çalıştığım sırada geri döndü ve gözlerindeki yaşları saklamaya çalışarak,"meğer ne çok beklemişsin dönmemi" dedi. Arkamı dönüp yürümeye başlarken, o'na son sözümü söyledim; "**gittiğine inansam, dönmeni beklerdim**..." İstanbul hala yağmur ağlıyordu!

"Seni Kendime Emrediyorum

"seni düşlerimde
çoğaltıyorum.
O kadar çoksun ki bende,
senlerde kayboluyorum
çoğu kez.
Seni benimle, beni seninle
karıştırıyorum."

"kaçsam, yakama yapışır omuz başların; yaslansam uçurumsun"

Uzaklardan bir Sezen Aksu şarkısı duyuluyor. "Ne böyle senle ne de sensiz / yazık yaşanmıyor çaresiz..." kendimi bir anda "şarkılara sığınan insanlar koleksiyonu"nun bir parçası olarak buluyorum. Gecenin her şeyi saklayan siyah battaniyesi, bir tek yalnızlıktan üşüyen, kırılganlıklarımı örtemiyor. Deniz, almak istediğim hiçbir teselliyi vermiyor bu gece. Sığınandaydı zaten kabahat! Hırçın lodos, saçlarımı dağıtıyor... şarkı devam ediyor... "suçlu ne sensin ne de benim / şimdi sensizim sen de bensiz..."

Hiçbir zaman bir arada olamayan, ama ayrı da yaşayamayan insanların hikayesini anlatıyor bu şarkı. Tıpkı, aşka yenilgilerle başlayıp, her yenilgide ayağa kalkmayı başaran fakat kanatlarını yitirdiğini ancak uçmaya çalıştıklarında anlayan kuşların hikayesi gibi...

Sizin hiç, varlığı yokluğunuz olan bir aşkınız oldu mu? Ve içinde "kal" saklayan bir "git"iniz? Benim oldu. Kaybettiğinize üzülürsünüz böylesi bir aşkta; tıpkı kazandığınıza sevinmeyeceğiniz gibi... ne yapsanız olmaz işte... ya sizin hayalleriniz sevdiğinize bir beden büyük gelir, ya da sevdiğinizin aşkı size dar... sıkar... boğar...vazgeçmezsiniz. Vazgeçmedikçe de boğulmaya devam edersiniz. Varlığı, sizi yok edecekmiş gibi yaşatır, yokluğu ölür gibi... her "git"in içinde bir "kal"; her "kal"ın içinde bir "git" saklıdır. Dedim ya işte... ne yapsanız olmaz. Donarak ölmek üzere olan iki kirpi gibisinizdir. Isınmak için ne kadar birbirinize yaklaşırsanız, o kadar birbirinizi yaralayacaksınızdır; uzaklaşsanız soğuktan öleceksinizdir. Tıpkı, Sezen'in o şarkısındaki gibi, "Ne böyle senle ne de sensiz / yazık yaşanmıyor çaresiz..."

Şimdi tek başıma beklediğim bu deniz kenarında, o son akşamı düşünüyorum. Tüm cesaretimle, o'na son kez ayrılalım dediğimde, ağlamak için yaslandığım omuz başlarına takılmıştı gözlerim. Ve aylarca gözümün önünden gitmemişti, beni avutan o omuzların, ölen bir asker gibi düşüşü... her gece hafızam, o veda sahnesinin tekrarlarından geberen bir köpek pişmanlığında köreldi... yine de dönmedim geri! Çünkü çok iyi biliyordum ki her yalnızlığımda sığınmak için aradığım o omuzlara bir gün tekrar koşarsam; bana uçurum olacaklardı...

Ve şarkı devam ediyordu... "suçlu ne sensin ne de benim / şimdi sensizim sen de bensiz..."

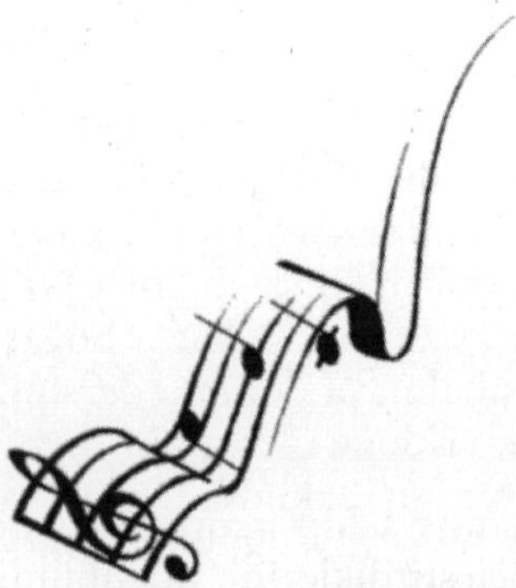

"ve hiçbir şey yazmadım ardından. Ve hiçbir şey yazılmadı ardımdan. Olduk ve bittik. Kanıtsız! Geçtik ve gittik. İzsiz! Sular içtik üstümüze. Güç bulduk bedenimize. Dayandık ve kazandık. Ödülsüz!"

"her şey geçmişte kalıyor ama hiçbir şey geçmiyor"

Geçmişin önünüze serdiği patika yollar uzadıkça, geleceğin geniş caddeleri kısalır.

Her şeyin geçmişte kalıp, hiçbir şeyin geçmemesi, bugüne başat bir dünü yaşamaktır. Görebildiğin ama dokunamadığındır. Geçmişin hakkını vermek, ona eskidiği yerde sahip çıkmakla başlar. Geç bir "miş" eklenmiş geçmiş, geçmiş olmaktan uzak, hayal olmaya yüz tutmuş bir geçmiştir. Geçmişle yüzleşmelere yüz sürme cesaretiyle yaşayan insanların da geçmişi bir geçmiştir; bu cesareti takınmaktan korkanların, kaçanların yüzsüzleşme sığlığının adı da... (Onların geçmişi, hesabı hep "şimdi"ye ödetir)

İyi-kötü, bir zamanki ihtimallerin, nasıl da artık birer hatıraya dönüştüğüne şaşarak bakarsınız... her kötünün iyi bir geçmişi ya da her iyinin kötü bir geçmişi olabilir. O geçmiş ki sahip olunan "tek şey", kaybedildiğinde ise "her şey"dir... Kimi insan, geçmişle geçememişi birbirine karıştırır. Halbuki, geçen iz bırakır, geçemeyen yara... bir de geçmişten geçemeyenler vardır. İçinden, kıymık gibi batanları ayıklayıp, pamuk gibi saranları yaşar... hala ve ısrarla. Oysa hayat, karla karışık yağan bir yağmurdan sadece yağmuru sahiplenmek değildir. Çünkü; doğru bir mevsimin doğru bir yağışından kendine sadece yağmurlar peydahlayanlar, görmezden geldikleri karların yakıcı soğuğunda geç kalmış sezaryen pişmanlıklar doğururken ölürler. Sahipli bir geçmişe sahip sanırken kendilerini, bilmezler geçmişlerini ne kadar piçleştirdiklerini. Bugününün ırzına geçenlerdir onlar. O yüzden hep dünde yaşarlar.

Geçmişle birlikte, geçmişe rağmen yaşamaktır aslolan. Çünkü bunu böyle yaşayanlar tecrübe denen yaşanmışlıkların tüm referanslarının, geçmişteki acılardan alındığını bilir… geçmiş geçerken hiçbir şey söylemez. Çünkü o an yaşadığın "şimdi"dir. Ve "şimdi" geçmişe bakabileceğin tek kapı aralığıdır. "sonra"lar gelmemiştir daha. Ve eğer şimdinin kapı aralığından geçmişe "doğru" bakarsan, geleceğin nasıl geleceğini de görebilirsin.

Hayata karşı taktığın maskelerle dolaşırken çok yüzlülüklerde, sana hiçbir ses "içimdeki boşluğa düş, ben tutarım seni" demedikçe ve sen hep o boşluklarda yaşamanın utancıyla kendine yalanlar aradıkça, utançların ve övünçlerin, senin geçmişinde kol kola yaşayacaklar hep… çünkü onlar; kendi boşluklarından birbirlerini doğurmuştur.

Bir geçit törenine bakar gibi izlersin uygun adım giden "keşke"lerinle "iyi ki"lerini… "eyvallah" deyip vazgeçmez ve geçmişin geçmezliğinde nasıl yaşayacağını öğrenirsen; daha kısa susarsın kendine… geçmiş dediğimiz her şey yaşadığımız ânı var eder durur, ağlatarak veya güldürerek… çünkü her şey geçmişte kalır ama hiçbir şey geçmez... ya da geçer… ama gitmez… geçmiş deyip geçme! Ki zaten onu hiç geçemeyeceksin. Geçmiş diyeceğin şeyleri de gelecekte yürüyeceğin yollar belirlemeyecek mi?

Not: Bugünü hak ettiğinden fazla seversen, "bugün" mazide kaldığında, sen de hep onunla orada yaşarsın.

ama istenmeyen bir gidişti... Güzel bir gidişti ama asla tebrik edilmeyecek, alkışlanmayacak...

“UNUTUYORUM HER SEFERİNDE

NERESİNDE KALMIŞTIK AYRILIĞIN?”

"denize bakmayı bilmeyenler, bir gün mutlaka boğulur"

Sabah Gazetesi köşe yazarlarından Sayın Yelda Cumalıoğlu, bir röportajda benden bu sözümü açıklamamı istemişti. Ben de kendisine şu cevabı vermiştim. "Yüzmeyi bilmemek, bir gün mutlaka boğulacaksınız anlamına gelmez. Ama denize bakmayı bilmemek, bir yokluğun içinde sürekli boğulmak gibidir. 'Yok'u da sevmeyi öğrendiğiniz zaman 'var'sınızdır. İç acılarınızın toplamı kazandığınız tecrübeye eşittir her zaman. Ve bu tecrübe size, her seferinde denize bakmayı daha iyi öğretir."

Bazen hayata baktığımız pencere kör bir pencere oluverir. Kafamızı biraz kaldırsak, belki daha öteleri görebileceğimiz halde, sadece çitlere kadardır bakış sınırımız. Kapalı gözlükle koşan yarış atları gibiyiz. Yanımızı-yöremizi göremiyoruz. Sadece koştuğumuz yol bize hayat. Bu hızlı koşuda kaçırdıklarımız, ulaştıklarımızdan çok daha fazladır. İşte bu yüzden, yarışı birinci olarak tamamlamak, bizi her zaman zafer sahibi yapmaz.

Aptal Puma Sendromu'nu duymuşsunuzdur mutlaka. Pumalar, bir tavşanı yakalamaya çalışırlarken, o tavşana değecek enerji kadarını harcarlar. Eğer tavşan çok hızlı kaçıyor ve Puma'yı yoruyorsa, Puma hemen vazgeçer. Çünkü tavşanı yakaladığında midesine indireceği et, bir geyiği kovalarken harcayacağı enerji karşılığında ulaşacağı etten daha az olacağı için böyle davranır. Bunu yapmayanlarının yaşadığına "aptal puma sendromu" deniyor. Biz de eğer at gözlüklerimizden kurtulup, neye ne kadar değer vereceğimizi, neyin peşinden ne kadar koşmamız gerektiğini iyi öğrenirsek, denize (hayata) bakmayı da iyi bilir ve o hayat denizinin bizi kolay

kolay boğmasına izin vermeyiz. Kulaç atmayı bilmesek de bizi hayatta tutacak bir sandal bulunur elbet. Peki, ya suda nefes almaya çalışıyorsak? İşte budur bizi boğan. O yüzden denize bakmasını bilmek gerekiyor.

Yok'larımızı, eksiklerimizi, zaaf ve korkularımızı iyi tanırsak mutlu olma ihtimalimiz daha yüksektir. Mutlu olmak adına hep başkalarını mutlu etme yanılgısına düşmek de düpedüz boğulmaktır. Herkesi mutlu ve memnun edemezsiniz. Herkesi eşit kuvvette de sevemezsiniz ve herkes de sizi sevmek zorunda değildir. Unutmayın ki dünya yuvarlaktır ve ne tarafa dönerseniz dönün, dünyanın yarısı hep arkanızda kalacaktır.

"hüzün kendinizi didikleme öykünüzdür."

“Var gitme. Öfkenin doruğunda bir yalnızlık demleriz. Sonra, şiir kazırız içimizden kalabalıklara... Biz izimizi şiirle sürdük, mesafelerimiz kentlerceyken. İznimiz de şiirden çıkar. Ya kalırsın, yatağında su tutar bedenimi, Ya da gidersin, adın bir kez daha kahraman olur. Senin kadar ben de kaldım sevgili.”

"Benden kentlerce, sayfalarca uzaktın; senden, kaç aşk ve kaç yaş küçüktüm! Sende olmayanlar toplamıydı hayatım ve bana bulaşmayanlarla örülüydü yaşamın! Sıfatına "yeni" dediğim her duygu, sende eski bir yaranın adıydı. Ben, aşk kanamalı gecelerde öleceğim korkusuyla yaşarken, sen her yaralanmada, sabra durmayı başaracak kadar iyi biliyordun merhemini ya da kendini iyileştirmeyi!"

"sakar bir intihardan düştüm hayata. Yaşıyorsam, sakarlığımdan"

Hayatı, ölmekten korkanların sığındığı yer olarak görenler vardır. Hep merak etmişimdir onların nasıl bir hayat yaşadıklarını. Sürekli intihar sınırlarında gezerler. Kimi zaman başarısız girişimlerde de bulunurlar. Böyle biriyle uzun yıllar birlikte oldum. Kendisi hala yaşamla kavgada. Onun için hayat anlaşılmamış değil, yanlış anlaşılmış bir soru bence. İçinden çıkamadıkları girdaplarda, kendi kusmuğunda boğulanlardır onlar. Yaşamı bir engel olarak görür çoğu. Ve tam ortasında uyudukları yalanı inanılır kılmak adına hep haklılıklar üretirler kendi fikirlerince. (Afşar Timuçin'in dediği gibi yaşamak, alışmalardan sonra alıştığı her şeyle savaşmasıdır insanın).

Oysa kendi kusmuğunda boğulanlar, bu savaşın sonunda kendilerine hep "beni yaşama kim ikna edebilir" sorusuyla dolaşırlar. İç keşiflerinden uzak bir yolda, yerlerinde sayıp dururlar. Yaşamak onlara hiçbir şey vermez ama çok şey alır. En kötüsü de olmayan yaşama gücünü almasıdır.

İntihar; yaşamı çizen insanın elindeki silgiyi ilk ve son kez kullanmasıdır. Kendini silmeyi iyi beceremeyenler, beceriksiz bir intihardan düşerler yaşama... bundan sonrası sakarlıktan yaşamaktır. Biraz sakat, biraz eksik... Çünkü intihar öldürmemişse, sakar intiharlardan yaşama düşmek, süründürür...

"Düğümlerin çıkmazından, elime düşen tek bir seni seviyorum'du. Gelişemedik uluorta. Durduk bulanıklığımızda; durulmadık durgunluğumuzda. Çarptık, düştük… Ayağa kalktık yardımsız.

Seni seviyorum'du her şeyin en baştaki sonu. Söyledik, duyduk, yeniden düştük ve kalkamadık yardımlı. Gelmedi acil adamlar. Sen yine de, bu gece gelirken yolu uzat ve getirme yanında, başka yarınlarını."

"oysa ben senden bir bardak su istedim;
Akdeniz değil"

Bıyıkları yeni terlemeye başlayan bir delikanlıydı o...

Nerden duyduğunu hatırlayamadığı bir söz, çınlayıp duruyordu beyninde... "unutulmuş yaralarıma tuzdur adın". Ve dalgındı... Elleri cebinde, başını omuzlarının arasına gömmüştü. Yenik ve yaralı bir yürüyüşü vardı. Ne evde ekmek bekleyen kardeşleri geliyordu aklına, ne de evine gidecek bir otobüs biletinin bile olmayışı. Yürüyecekti... çoğu kez yaptığı gibi. Yırtık ayakkabılarından içeri giren soğuğa aldırmadan tam bir saat yürüyecek ve eve varacaktı. Ağzını kıpırdatsa, donmak üzere olan dudaklarından o söz dökülecekti. "unutulmuş yaralarıma tuzdur adın..."

Titreyerek geçti caddeden. Kimsenin fark etmediği, fark etseler de asla önemsemeyeceği biriydi... kendi cevherinde suskun, başkalarının öneminde önemsiz... koltuğunun altında, son parasıyla aldığı ikinci el kitapla ve boş bir mideyle geçireceği geceye doğru ilerliyordu yine... ama bu kez ağlamaklı... ama bu kez onuru zedeli... zihninde o söz öbeği duruyor hala "unutulmuş yaralarıma tuzdur adın"

Çok sevmişti o kızı. Aklına geldiğinde açlığını unutacak, ismini başka ağızlardan duyduğunda içi burkulacak, uykusuzluklarında uykusuzluğu unutacak kadar sevmişti. Sevdiği kız yürüyor diye o yolları sevmek, sevdiği kız için anneye küsmek, sevdiği kız için sevmediği her şeye alışmak... ne de kolaydı ona.

Bir arkadaşı "onu ne kadar çok seviyorsun?" diye sorduğunda "elimin tekini hiç düşünmeden kesip atacak kadar" demişti. Arkadaşı buna çok gülmüş, ve cevabını küçümseyerek "neden ikisini değil de tek elini" diye dalga geçmişti. O ise hiç aldırmadan şöyle diyecekti "onun elini tutabileceğim bir elim kalsın bende"

Bıyıkları yeni terlemeye başlayan bir delikanlıydı o... aşkı kendisinden büyüktü... ve aklında hep o söz vardı; "unutulmuş yaralarıma tuzdur adın..."

Kız, zengin bir aileden geliyordu. Farkındaydı o delikanlının kendisini sevdiğinin... ara sıra bakışlarına küçük gülümsemeler ekleyerek fırlatıyordu delikanlının kalbine doğru... o gülüşün hızla içeri girdiği yerden, hayat dışarı fışkıracak gibi oluyordu.

Ve bir gün tüm cesaretini toplayarak gitti ona delikanlı. Terleyen avuçlarında o'na yazdığı bir şiirle gitti... adımları yaklaştıkça o'na, kalbindeki depremler faaliyete geçti. En saf gülüşünü taşıyordu yüzünde delikanlı. Zengin kız, fark etti bu gelişi ve daha elini uzatacağı sınıra bile girmeden "cevabım hayır! ne sanıyorsun sen kendini salak! Aptal aşıklar gibi peşimdesin... defol!" deyiverdi.

Oysa delikanlı, ne arkadaşlık teklif edecekti, ne de ona duyduğu aşkı anlatacaktı. Sadece elinde taşıdığı o kırık dökük şiiri verecekti ve yoluna devam edecekti... çünkü o'da biliyordu davulun dengi dengine vurduğunu... o'da biliyordu haddini... o'da biliyordu hayattaki yerini...

Keşke sadece o şiiri alıp okusaydı. Kırmadan yollasaydı ki zaten kendisi gidecekti. Tek istediği ona yazdığı şiiri bir kez okumasıydı... olmadı...

Ne olurdu sanki o masum ve insancıl isteği yerine gelseydi... ne olurdu sanki bir kere de istediği bir şey olsaydı...

Yıllar sonra o kıza, bir şiirinde şöyle seslenecekti, "oysa ben senden bir bardak su istedim; Akdeniz değil"

Eve varmıştı. Hala avuçlarında sıkı sıkı tutmakta olduğu şiirle yaklaştı sobaya. Kapağını açtı, küllenmeye yüz tutmuş közlerin ortasına bırakıverdi dörde katlanmış kağıdı. Zonklayan ayaklarına, şakakları da eklenmişti. Koltuğunun altında duran ikinci el kitabıyla sığınırken yatağına, sadece şu sözler döküldü dudaklarından "senden veremeyeceğin neyi isteyeceğimi sandın da sana veremeyeceğimi düşündüğün şeyler adına başlamadan bitirdin beni Elif..."

Bıyıkları yeni terlemeye başlayan bir delikanlıydı o... bulunamadan yitirilmiş bir aşkın kahramanı olamasa da, kendi adı **Kahraman** olan bir delikanlıydı... ve unutulmuş yaralarına tuzdu adı...

"KORKAĞI OLDUĞUM AŞK BANA SENİNLE ÖÇ ALDIRIYOR"

"Ben senin, kaçmak istediğinde açabileceğin ve sonrasında dünyanın yüzüne çarpıp gidebileceğin bir kapıyım! Gel, aç ve kaç... Bir gün bırakıp gitmek istediğinde her şeyi; kitaplar dolusu rafları, masa üstünde sayfalara meydan okuyan kalemini, duvarlara yapıştırdığın ve unutulmaya yüz tutmuş dipnotlarını, yalnızlık döşeli evini ve belki de kendini ve belki de beni... terk etmek istediğinde ardına geçebileceğin bir kapıyım! Gel, aç ve kaç!"

"yalnızım; çünkü sen varsın"

Geldi ve yanımdaki boş sandalyeye oturdu. Tek başımalığımı dağıttı varlığı. Bir sigara yaktı ve gülümsedi. Sonra bir bira söyledi kendine. Yan masada, çene altına yerleştirilmiş kırık bilekleriyle makyajlarını daha alkolün dağıtmaya başlamadığı şık kadınlar ve onlara "ev sahibi" rolü yapan "masa sahibi" erkekler vardı. Birkaç kadehten sonra bu kasıntılı duruş, yerini aldırmasız bir gevşekliğe bırakacaktı.

Gözlerime baktı ve "neden yalnızsın" diye sordu. Başımı çevirdim ve "neye göre" dedim. Güldü. Birasından bir yudum daha aldı. "senin hiç susmaktan dilin kurudu mu?" diye sordum birden bire. Şaşırdı. "işte odur asıl yalnızlık" dedim. "suskun ve hep yalnızsın. Uzaktan izlemek yetmiyor seni anlamaya. Neden insanlarla aranda hep kalın duvarlar var? Ve neden hep yalnızlığı seçiyorsun" dedi. Şimdi gülümseme sırası bendeydi. O, birasını yarılarken ben anlatmaya başladım. "varlığına sarıldığım huzur maskesidir yalnızlığım. Evet! Huzurdur. Ama maskedir de aynı zamanda. Kimseye armağan edemeyeceğim bencilliğimdir. Otobüslerde hep son duraklarda uyandırılan, kendi yolunda kendini kaybeden biriyim ben. Seçilmiş bir yalnızlığı yaşıyorum. Sebeplerim içimde gizli"

Anlattıklarım onu iyice meraklandırmıştı. Kafasında dönüp duran binlerce soru vardı biliyordum. İçlerinden birini seçip konuştu "etrafındaki kalabalıklar bir şey ifade etmiyor mu sana?" oturduğum sandalyeden doğruldum ve "hangi kalabalık bu yalnızlığa çaredir ki? Sanılanın aksine yaşayanın, ölene bıraktığı mirastır yalnızlık denen illet. Ben bir kodese girmedim; insanları dışarı kilitledim! Dışarıdaki kalabalıkla yan yana gelmezliğimle koruyorum yalnızlığımı. Bu yarattığım yalnızlığa ben yetemiyorum ama başkaları iğne atsa yere düşmüyor inan." Dedim.

Birasını bitirmişti. Kafasını kurcalayan sorular giderek artıyordu. "bizi dışarı kilitlediğine memnun musun peki? İnsan nasıl barışık yaşar bu kadar derin bir yalnızlıkla?" Cümlesini tamamladığında kaşları hala çatılıydı. "yalnızlık, hiç kimsenin olmadığını bile bile günde en az on kere içine bakmasıdır insanın. Ve alışmadığın her yalnızlık, hep ilk gibi gelir sana. Yan yana durmanıza rağmen yine de bir çift olamazsınız yalnızlıkla. İçbükey bir yalnızlıkta, sadece inmek için kullanılan bir merdivenle ulaşabilirsiniz kendi kuyunuza. Ve ne kadar derinse o kuyu; o kadar kaybolursunuz kendi yalnızlığınızda. Artık sessizliğiniz bile cevap vermez size. İşte ben bu yüzden yapayalnız bir yalnızlıkla yaşıyorum ve hiç şikayetçi değilim kendimden"

Garsonu çağırıp hesabı istedim. Gideceğimi anlayınca telaşa kapıldı. Alelacele girdi cümleye "yapayalnız bir yalnızlık en çok neyi anlatmaz Kahraman?" Ondan hiç beklemediğim bir soruydu bu. Biraz düşündüm ve cevap verdim; "her sabah, düşür düşür bitiremediğim bakire yüzlerdeki fahişe maskeleriyle savaşarak başlıyorum hayata. Beni, en gizli yerlerde bile sobelemeyi beceren bir ebe yalnızlık. İşte bu yüzden, kendimi parantez içlerine saklayarak, yalnızlığımı yalnızlığımla aldatıyorum. Yalnızlığımın bana soramadığı her şeyi sen biliyorsun!" şaşırdı. Hiç böyle bir cevap beklemiyordu. "sen kendine olan yenilgilerini zafer sayıyorsun. Gözleri sımsıkı kapalı ağlamak değildir de nedir bu? İyileşeceğini bildiğin yaraların kabuklarını soyuyorsun durmadan. Hiç mi güvenin yok insanlara. Bak hep yanındayım. Bazen bir duraklık, bazen bir telefonluk mesafedeyim sana. Sıkıntılarında, kederlerin de birlikte ağlamıyor muyduk? Birlikte gülmüyor muyduk hayata? Ben bu dostluğun satır aralarını okumaya çalışırken sen neden bu kalabalık yalnızlığınla beni de yalnızlaştırıyorsun sana? Bu kadar mı yokum sende?" diye haykırdı.

Garson geldi. Hesap pusulasını uzattı. Üstünü almayacağım parayı adisyonun arasına koyarak ayağa kalktım. Son sözlerim şunlar oldu. "ne sen bu kalabalıkta yalnızlığı yaşayabildin ne de ben bu yalnızlıkta kalabalığı... yokluğun değil, varlığındır beni yalnızlaştıran. Kimseyi sevemememin tek suçlusu sendin. Bana dost gözüyle bakarken, sana aşık olduğumu hiç bilmedin! Hep yanımdaydın, bu yüzden kimseyi sevemedim. Evet çok yalnızım; çünkü sen varsın."

Bu onu son görüşümdü. Ve kendime olan son itirafım.

Ey! Beni bana pişman eden yalnızlık. Sana çok teşekkür ediyorum; beni koca bir hayatın önsözünde bıraktığın için!

Aldığın
Son Nefesi
Hala İçinde
Tutuyorsun
Farkında mısın?
Ancak "Sen" de
Verebilirsin
Son Soluğu,
Son Baharında,
Sana Ölüm Var
Sanıyorsan Eğer..."

“Severken"biz", giderken"sen" ve "ben", kalırken iki "aşk yoksunu". "Aşk, iki kişiden birinin yokluğudur!" anlayışında mermer sertliği, deli aklı, sara nöbeti... Oysa varsan vardı aşk ve yoksan yoktu her şey. Ve her şey en çok sen yokken hiçbir şeydi...”

"yolumdan dönemediğim için değil, seninle hiçbir yolda yürüyemeyeceğimi bildiğim için gidiyorum."

Bazen bir yol ayrımında durup beklersiniz. Sizi mutluluğa götürecek olan sapağın neresi olduğuna karar vermeye çalışırsınız. Çünkü bir mutsuzluktan geliyorsunuzdur... ve çok yorgunsunuzdur. Gitmek için seçtiğiniz yol, hayatınızda var olan insan için bir "yolun sonu" olabilir. Siz ayrı bir yoldan hayata devam ederken, artık onun için gidilecek yol kalmamış da olabilir. İşte o zaman siz bir bırakan, terk eden, ayrılan olursunuz. Diğeri de bırakılan, terk edilen, yalnızlaşan olur.

Önce sizi, o seçtiğiniz yoldan döndürmeye çalışır. Bu aslında kabullenememektir. Yenilginin marazıdır. Fakat o bunu bilmez. Tüm çabası gideni geri döndürmektir çünkü... yalvarır, ağlar, kızar ama vazgeçirtemez. Giden kararlıdır. Dönmeyecektir. Yoluna artık onsuz devam edecektir. Çünkü o bir mutsuzluktan geliyordur. Hem de sebebi "sevdiceği" olan bir mutsuzluktan... ayrılmak en doğru karar olacaktır iki kişi için de...

Birbirini yaralayarak yola devam edenler, birbirlerinin yaralarını sararak mola verirler hayata. Sonra geçmişteki olumsuzlukları unutarak! Devam ederler aynı yola... ve ikisi de bilmez; sargı bezlerinin altından gizlice sızan kanın, bir gün damarlarını bomboş bırakacağını...

Bunu ilk fark eden, yol ayrımında bu sevdadan ilk vazgeçendir. Gitmek dirilmektir artık. Kalan hep hak verilerek anılacak, giden olan siz hep sorgulanacaksınız başkalarının nezrinde. Ve ne yaparsanız yapın, ne söylerseniz söyleyin asla haklı çıkamayacaksınızdır. Oysaki kendinden ötürü gitmemiştir giden... gitmenin hakkını vermiştir, belki dönmesini de bilecektir adam gibi... kim bilir belki de gitmek değil, kalamamaktır bu gidiş... terk ettiğine yoklaşamazsan, kendine de varlaşamayacaksındır. Çünkü bedeni sürüklemek değildir gitmek. Ruhunu da çekip almasını bilmeli insan, kalınmayacak her yerden...

Tökezleyeceğini bile bile, bilmediğin yolu yalnız yürüme cesaretidir gitmek. Annesi ölmüş it yavrusu gibi bir "hoşça kal"ı armağan edip gitmek, yürek ister aynı zamanda.

Aklında hep o sözle "gitsem, gelmeler kalıyor; kalsam gelmeler gidiyor" diye diye çıkılan bir yol değildir bu gidiş. İnsanın kendisini dövmesidir, en haklı olduğu yerde...

Sonralarda bir "gitmeseydim bilmeyecektim" daha eklersiniz dağarcığınıza. "gitmek"te kalmak sürekliliğine ilk adım atılır böylece. Kimse bilmez aslında gitmek denilen şeyin, ertelenmiş bir yağmura şemsiyesiz başlamak olduğunu. O da bilmez bunları. Hiç bilmeyecektir de...

Zaman geçer... zaman siler... çok sonra yine zaman hatırlatır size her şeyi... yıllar sonra yine bir ayrılık sapağına geldiğinizde, o son konuşma çınlar kulaklarınızda:

- Geri gelmeye cesareti olmayan bir korkak olduğun için dönemiyorsun ve bunun için gidiyorsun kabul et?

- Hayır! Yolumdan dönemediğim için değil, seninle hiçbir yolda yürüyemeyeceğimi bildiğim için gidiyorum.

"SUSMAK
bir sessizlik sanatıdır"

"her çoğul kavgada yerini buldu yaralı geçmişimiz. Unutma özürlü hafızalarımız içimize aşk oldu, dışımıza kin! Bizi küskünlükler bağladı, aşk ayırdı."

Bazen unutmamak yaralar insanı...

Unutma özürlü hafızalarımızın, bize uzaktan nanik yaptığı zamanlar vardır. İnsan olmanın en ağır cezasıdır bu... ne çare ki başımıza türlü sıkıntılar açsa da o hafıza; bir türlü unutmak eylemini gerçekleştiremez. Unuttuğunuz tek şey, unutmaktır... unutmaya kıyamadıklarımızdan bahsetmiyorum.

İstenmeyen telefon numaralarının, geçilen durak isimlerinin ve gereksiz detayların beyninizde yarattığı saçma kalabalık içinde kaybolursunuz. Sadece bunlar mıdır unutulmayanlar?

Öyle bir hafızadır ki o hafıza, ne zaman sevdiğinizle mutlu olmaya başlarsınız, işte o anda hemen devreye girmeye başlar; sevdiğinizin geçmişi, eski sevgilileri, hataları, kusurları vs. hepsi hücum eder zihninize. Ve siz en mutlu anlarınızda bu tazyikin etkisiyle saçma sebeplerden kavgalar çıkarırsınız. Arı kovanına çomak sokmaya başlarsınız. Kendinize engel olmayı bir türlü başaramazsınız.

Sonra bir küslük evresi yaşanır. O evre sakin geçer. Size düşünmek için zaman verir. Küçük nazlaşmaların sonrasında sizi tekrar bir araya getiren cümle "aşkım seni sevdiğim için bu kadar didikledim geçmişi, affet"dir. Affedilir. Yeniden başlanır. Bir küskünlük daha işte yeniden sizi bağlamıştır. Peki aşk neden ayırır?

Aşk yeniden tedavüle konduğunda, unutma özürlü hafızanızı da tekrar tetiklemeye başlar... seviyorsunuz ya... aşıksınız ya... ve sonra tekrar başlar unutma özürlü hafızanızın size armağan ettiği sorularla sevdiğinize saldırmak. Sonra yine aynı sahneler, aynı konuşmalar... ama her defasında biraz daha eksilerek ve aşka azalarak...

Bu yüzden, "her çoğul kavgada yerini buldu yaralı geçmişimiz. Unutma özürlü hafızalarımız içimize aşk oldu, dışımıza kin! Bizi küskünlükler bağladı, aşk ayırdı."

"Kaçışlarım sana meylimdendir...
sessizliğine sığınışım, kabullenişimdir her şeyi.
Sakın "neden" diye sorma!
Verdiğim her cevap mayındır pişmanlığıma. Ve bu bir iç dökümdür çağıl çağıl.
Bil ama bilme!

"kimliğimi soruyor birileri, çıkarıp resmini gösteriyorum"

Uzun zamandır aynadan kendime bakarken, aşık olduğum insanın yüzünü görür gibi oluyorum. Dün, tanımadığım bir kalabalığın arasından geçerken, o kısacık anda kulak misafiri olduğum sohbetlerin içinde, o hiç tanımadığım birilerinden tesadüfen sevgilimin adını duyduğumda, hızlıca kafamı çevirip onlara baktım. Gözlerim o ismin sahibini aradı uzun uzun. Parkta oynayan çocukları izlerken, o çocuklardan birinin adının, sevdiğim kişinin adı olduğunu öğreniverdim. Artık o çocuğa daha başka bakmaya, onu yüreğimde diğerlerinden ayrı bir yere koymaya başladım.

Hiç tarzınız olmayan bir müzik türüyle isim yapmış bir sanatçı, sevdiceğinizin adaşıysa, sırf bu benzerlik için bile o sanatçının kim olduğuna bakarsınız. Bazen onun ismini taşıyan bir tekne geçer denizden. Tekrar tekrar okursunuz o ismi... gözden kaybolana kadar. Bazen o ismi taşıyan bir apartmanın önünden geçersiniz ve uzun uzun incelersiniz... bir gülümseme yayılır yüzünüze. İzlediğiniz bir filmde sevgilinize çok benzeyen birini gördüğünüzde, kötü rolde olsa da sempati duyarsınız. Onu beklediğiniz kafede, yan masada sevdiğinize benzeyen biri varsa, ister istemez iki dakikada bir o tarafa kayar bakışlarınız.

İşte tam da bunları yaşıyorum bugünlerde. Ben artık "o" olmuşum. Kendimi nerede unuttuğumu bilmiyorum ya da nerede dondurduğumu. Hayatımı, başka birinin (onun) hayatıymış gibi yaşıyorum. Kendimde hatırlanmaya değecek bir şey bulamadığımdan değil, aradığımı onda bulduğumdan bu kayboluş... ben, ben görünmüyorum bugünlerde... ben, ben olmamaya başlayalı beri unutmuşum beni. Ve hiç özlemiyorum.

Öyle bir hale geldim ki bir tek onun ismi yazmıyor kimliğimde. Onun hayatını mı oynuyorum acaba bilmeden. Ve bu bilmeden oynadığım hayatın başrolündeyken, bir gün dekora, sonra da seyirciye mi dönüşeceğim? Beklentilerimle yaşadıklarım çarpıştığında galip gelen hep onun hayatını yaşamak oluyor. Kendi içimde ölürsem yaşamak olur biliyorum ama ben yine de onun içinde yaşamayı tercih ederek ölümü seçiyorum. Ve hiç pişman değilim.

Evet sevdiceğim! Kendimi kendimsiz bırakarak sana ispat etmeye çalışıyorum ve kimliğimi sorduklarında, çıkarıp resmini gösteriyorum...

"Ona bakmak,
bitirdiğini sandığın bir romanın
sadece önsözünü okuduğunu fark etmek
ve buna şaşırmak kadar betimsizdi"

"hayatı, başkalarının hatasıymış gibi yaşamak"

Sokrates, "sorgulanmamış bir hayat yaşanmaya değmez" der. Çok da haklı bence. Alphonzo Lingis ise "yaşanmamış bir hayat sorgulanmaya değmez" diyor. O da haklı.

Hayatı nasıl sorguladığımız ve nasıl yaşadığımız önemli olduğu kadar, algıdaki yanılgı ve yanlış yaşamalara akan bir ömür de o derece sorgulanası bir durumdur. İnsanoğlu kendinden çok etrafını suçlamaya meyillidir. Kendi yaşadığı hayattan bile başkalarını sorumlu tutanlar vardır. Ben onlara, "hayatı başkalarının hatasıymış gibi yaşayan insanlar" diyorum.

Onlar, yaşadıklarından başkalarını sorumlu tutmayı bir yaşam biçimi haline getirmiş insanlardır. Bunu yaparken çok da rahattırlar ve rahat yaşarlar çünkü onlara göre içine düştükleri durum, başkalarının hatalarıdır. Kendi yanlışlarına uydurdukları yegane kılıftır bu. Sürekli karşı tarafı sorgularlar. Kendi taraflarını değil... oysaki önce hayatı, sonra kendilerini sorgulasalar doğruyu bulacaklar. Ama onlar kolayı seçmiştir. "beni, sevmediğim bu dünyaya annem ve babam getirdi", "bu hayatı ben seçmedim", "insanlar hiçbir şeyden anlamıyor", "ben anlatıyorum ama beni anlayacak insan yok", "bu durumda olmam başkalarının suçu" gibi yaklaşımlarla insana rağmen insanlar içinde yaşamaya devam ederler. Sorunlu ve bu sorunlardan sorumlu kişiler hep kendi dışında ki kişiler olduğundan, onlar çok rahattırlar. Ve hayatı başkalarının hatasıymış gibi yaşamaktan asla vazgeçmezler.

İçimizdeki kendi nehrimizde, başıboş bir tahta parçası nasıl olur ki insan? Hayatı insandan daha büyük yapan bu yanılgıdır işte. Oysa insan hayatın bir parçasıdır ama asla ondan daha küçük değildir. Kafka'ya göre ancak ölümü kabul etmekle başlayacak anlama sürecidir bu süreç.

Her anlaşılan, yeni bir tecrübe olsa da; hayat anlaşılmaya başlandığı andan itibaren, her cevaba yeni sorular üretmeye devam edecektir. Sonsuzluğun sonsuzluğudur bu. Belki de hayatın anlamını, hayatın anlamını aramakla yitiriyoruz kim bilir... belki varlığını ancak kaybettiğinizde fark edebileceğiniz bir anlamdır bu. Belki de hayat anlamını aramak için değil salt yaşamak için vardır... yani hayatın bir anlamı yok ve biz bunu kabullenemediğimiz için elimizden geldiğince çarpıtmaya çalışıyoruz bu gerçeği... kim bilir?

Hayatın anlamı içinde saklı. Hayatın anlamıyla hayatın anlarını birbirine karıştırmadan, hayata doğru attığınız her adım, sizi kendinizden uzaklaştırmamalıdır. Hayatın keşmekeşine uzanırken, kendi dinginliğinizi kaybetmemelisiniz. O dinginliktir sizi en girift sorunlara karşı sakince mücadele ettirecek olan... yaşanmamış bir hayatı sorgulamakla, sorgulanmamış bir hayatı yaşamak arasında pek de büyük farklar yoktur aslında.

Hintli düşünür Osho'nun dediği gibi, "hayatın anlamı keşfedilecek bir şey değildir; yaratılacak bir şeydir." İşte bu yüzden hayatı başkasının hatasıymış gibi yaşayanlar iki kere yanılırlar.

"BİR ÖZGÜRLÜĞE MAL OLMUŞ HAYAT,
HAYAT DEĞİLDİR;
BİR HAYATA MAL OLMUŞ ÖZGÜRLÜK DE
ÖZGÜRLÜK DEĞİLDİR"

"En kolay olanıdır gitmek! Gitmek hiçbir şeyi bitirmez. Aksine durur da yaşar gibi her şey. Gidene değil, kalana yoldaş anıları vardır, ayrıntıları vardır aşkın en gerisinde. Gittiğimi çok sonra anlayacaksın. Şimdi uğurluyorsan, sende kalan yanlarıma güvendiğin içindir!"

"Sevmek dokunmakla beslenir.
Dokunmakla sıkmayı
birbirinden ayıramayan bünyelerin
çok eşliliğe giden yolu benimsemeleri
normal bir sonuç artık.
Hatta neredeyse,
bir kişiye bağlanmayı
diğerlerine ihanet sanıyorlar.
Dokunmayı bilmeyen
sevmeyi de bilemez."

"her yerim kanıyor ama bir tek yüreğim acıyor"

Terk etmek neyin öcüdür?

Terk edeninize kızamıyorsanız hala aşıksınız siz. Terk edeniniz geri dönemiyorsa hala aşıktır size. İki tarafı da yaralayan bir savaştır bu... Kazananı özgürlüğü kazanıp, sizi kaybetmiştir. Kaybedeni, karşı tarafı kaybedip, kendini kazanmıştır. Yaralayan ve hırpalayan bir süreçtir bu. Her yeriniz kan içinde kalır; ama en çok yüreğiniz acır.

Terk etmek neyin öcüdür?

Terk'e düşürülen siz, düşünmeye başlamaz mısınız acaba, "beni bu kadar kolay terk edebilmişse, zaten hiç bende olmamıştır" diye? Sonra, Fransız düşünür Andre Gide'in sözü gelir aklınıza... "olmadığın insan olarak sevilmektense, olduğun insan olarak nefret edilmek daha iyidir." Sarılırsınız bu sözün gücüne. Sözler en güçlü dayanaklardır bazen... en kuvvetli yıkımlar da oluverirler çoğu kez. İki kişilik bir ordudan, tek kişilik bir acuze durumuna düşmek yaralar, kanatır, parçalar ama bir tek yüreğiniz acır.

Terk etmek neyin öcüdür?

Terk; suç gibi işlenmiştir. Terk edilmenin ceketini bir türlü oturtamazsınız üstünüze. Nerden düzeltseniz, başka bir taraftan pot verir. Bir yara gibi gülümsersiniz size teselli bulmaya çalışan arkadaşlarınıza. Zamanın şefkatli kollarına bırakırsınız kendinizi. Uysal bir başkaldırı gibi kalır içinizde terk edilmek... ehlileştirilmiş hırslarınızla gün sayarsınız. Tek başınalıktan daha fazlasıdır yaşadığınız. Bir yığın diken ve kıymığın içinden sürünerek geçmişinizdir.

Yaralar bereler, sıyrıklar, kesikler ve oluk oluk akan kanınız vardır elinizde. Hepsi geçer, sarılır, iyileşir... kanayan her yerinizden geriye bir tek o bitmeyen yürek acısı kalır... bir de terk edenin gözünüzdeki erdemsizliği...

Terk etmek neyin öcüdür?

Onursuzca, tek taraflı yaşanan bir aşkın, terk edenden aldığı bir öçtür terk etmek...

"...son kez görmeye ödeyeceğiniz bedele sınır koyamazken; yeni bir başlangıcı ister ama düşünü bile kuramazsınız. Karşınızdaki 'sizsizliği'seçmiştir; size karşılığında 'onsuzluğu' bıraktığını hesap etmeden... terk ediliyorsunuzdur ve yapabildiğiniz tek şey, hiç bir şeydir..."

Yarım kalan hikayeler, üvey evlat gibidir.

Genç kız son anda yetişti son vapura. Belki de yetişebildiği en son vapur olacaktı bu. Herkesten uzak bir güverte yalnızlığıyla baş başa kaldı. Akşamdı ve hüzün kol geziyordu İstanbul'da...

Göçebe rüzgarlar, dağıttı saçlarını. Vapurun köpürttüğü dalgalarda aradı gidenin yüzünü. Bir yağmur başlasa ağlayacaktı yağmurla karışık. Yüreğinde dolu, tipi, kar, boran. En çok kendine üşüdü o zaman... kendine sargın kalmalar kalmıştı ona. Kendi elini tutacak, kendine teselli şarkıları söyleyecekti. Kendi koluna girip, kendini yerden kaldırıp, kendi yoluna devam edecekti. Yarım kalan bir hikayenin içinden geliyordu. Evet! Çok acı... bitmişti... oysa ne denmişti bu aşk başlarken? "ben senin ilk değil, son aşkın olmak istiyorum"

En katil saatlerdir ayrılığın ilk saatleri... acı, bir kurt gibi ulur içinde uzun uzun... ve uykundan başlar seni yemeye... tül bir perdenin arkasından bakarsın insanlara ve her şeye... şişmiş gözlerin ve dudakların vardır; yüzüne şamar gibi oturmuş bir ifadeyle birlikte...

Ve genç kız aklından şöyle geçirdi "şimdi benim son diye bitirdiğime, kim bilir kimler ilk diye başlayacak"... evet en çok da bu koyar insana; sizi terk edenin, daha üstündeki kokunuz gitmeden, yeni bir sevdaya sizin kokunuzla başlaması... ellerinde ellerinizin yumuşaklığı, dudaklarında dudaklarınızın tadıyla, başka tenlere, başka kokulara karışması... artık bir tek mevsiminiz olacak her mevsimde... upuzun ve görkemli bir sonbahar... öfkeye yatırılmış ve hiç söylenemeyecek olan sözlerin sonbaharı... o sözler ki bir tümör gibi kalacak içinizde.

Susarsınız. Hiç bu kadar uzun küsmemişsinizdir sesinize. İçinizi içinize çekersiniz, susarsınız. Gözden düşen ilk damla öyle ağır ağır süzülmez yanaklarınıza. Birden boşalıverir ve kuru yanaklarınızdan bir intihar gibi düşer boşluğa. Daha sonrakiler onun bıraktığı izi takip eder ve sadece onlar ıslatır yanaklarınızı. Yar eli değmeden silinirler, ya kendi elinizin tersiyle, ya da çöpe, göz yaşlarınızla birlikte atılacak buruşmuş bir mendille...

Son konuşmanızı geçirirsiniz aklınızdan... telefon kapanana kadar kullanılan sözcüklerden aklınızda en çok, "olmuyor"lu, "ikimiz içinde daha iyi olacak"lı ve "bitti"li olanlar kalır. Bir de kapatırken yanlışlıkla kurulan "görüşürüz" ifadesi. O an farkına varmasanız da aptalcadır işte. Kimse kimseyle görüşmeyecektir bir daha. Ölüm olsa; yok olan biri için ağlayacaktır gözler! Peki yok olmadan ölen biri için nasıl ağlanır?

Kirpiklerin göze battığı bir gece başlar artık. Hiç bitmeyecek sandığınız... "hani taze yara acımazdı" diye sorup duracaksınız kendinize. Beyninizin, anılarla dolu olmayan bir odasında kıvrılıp uyumak isteyeceksiniz. Yoktur öyle bir oda... sadece odasızlık vardır. ölümle dantellenmiş.

Genç kız, giden vapurun güvertesinden rıhtıma baktı. Sularda oynaşan ışıklar, hiçbir anlam ifade etmiyordu artık. Baktığı her ışık, sadece karanlıktı. İlk değildi bu terk ediliş. İlk defa şahit olmuyordu korkakça gidişlere. Ama bu seferki başkaydı. Akşamdı... ve hüzün kol geziyordu İstanbul'da...

Ne acıdır terk edilmenin arkasında yatan "tercih edilmemek" duygusunun, insanı bir akrep gibi sokması. Bir aşağılanmışlık duygusu sarıyordu genç kızı. Gidene artık bir yabancıymış gibi bakmak ne de zormuş anlıyordu. Daha önce de gidenleri uğurlamıştı ama bu kez giden "çok uzun" gitti. Ve genç kız, daha önce hiç bu kadar kalmamıştı!

Şimdi hangi hıçkırık atabilirdi ki kursağında kalan söylenmemiş sözleri. Bu kez başka gitti giden… kalanı da yanına alarak gitti.

Birden, nereden duyduğunu hatırlayamadığı o sözler geçti aklından, diyorlar ki; "küsme aşka daha kimler gelecek kimler geçecek. Bilmiyorlar ki en son giden her şeyimi götürdü. Bilmiyorlar ki en son giden daha sonra gelecekleri bile götürdü..." akşamdı işte… ve hüzün kol geziyordu İstanbul'da. Yarım kalan bir aşk hikayesindeki üvey çocuktu. Yapılacak tek şey, hiçbir şeydi. Ve kendini sessizce karanlık sulara hediye etti.

"Değişemedim onca değişimde,
onca yenilikte…
Buydum ben, bulduğun gibi.
Koruduğum aslındı,
kaybettiğim aslım"

"Giden, kaldı... Gidişi değil de; giderayak açtığı yaraları ters istikametime doğru attığı her adımda kanatmasıydı onu içimde tutan; onu, yangından ilk önce kurtarılmak şartıyla bu hayata demirbaş yapan!"

"ağlamayacak kadar vazgeçeceğim senden"

"Yapacağın bir şey yoksa duracağın yeri bil" felsefesinden yola çıkarsak, vazgeçmenin de bir erdem olduğunu kabul etmemiz gerekiyor. Vazgeçmeyi bir yenilgi olarak görmemek lazım. Bu noktada, "insan vazgeçebildiği şeylerin karşısında güçlü durur" önermesini hatırlatmakta fayda var. Vazgeçmedeki gücünüzü kıracak pişmanlıklar bekler pusuda her daim. Dirençli bir duruş sergilemek gerekiyor o yüzden. Pişman olacaksan vazgeçmeyeceksin, vazgeçmişsen pişman olmayacaksın.

Ahmet Altan "zamanında vazgeçebilen biri yeniden kazanabilir belki ama vazgeçmekte geç kalan birinin hiç kazanma sansı yok" diyor... bu söze eklenebilecek hiçbir şey yok. Gurup Kumdan Kaleler'in bir şarkısında "bu ne senden ilk kaçışım/ne de ilk düşüşün yüreğime/ne bu serden son geçişim/ne de son küsüşüm kaderime" sözleri geçer. Böyle yanılgılara ve git-gellere düşmemek için sanırım ağlamayacak ve pişman olunmayacak kadar güçlü ve büyük vazgeçmek gerekiyor. Bunu yapmak için belli bir sürece sığınmak lazım gelir. Güç toplamak zaman alır. Sonra, zaman aldıklarını güç olarak size geri verir. Artık vazgeçmeye hazırsınızdır. Şöyle demiştim "beni susarken bölme" adlı kitabımda, "Vazgeçmek için öyle uzun bir gece ki.../Tutunmuşken sesine; düşmek kadar yaralı, düş kadar yalan!/Başa dönmenin tutar yanı yok, devam etmenin geleceği.../Vazgeçmenin eteği örttü gecemizi./Açarsak gözlerimizi, biri ölecek!/Kapattıkça ağlıyorum!/"Ya ben" diyemeyeceğim kadar suçluyum bu gece.../ Bitmez vicdan hesabımda ağlıyorsam, hayvanlığımdan!/Vazgeçmenin mümkünlüğü, bir kadının korkusunda./Kendi korkusuzluğumda erdemsiz bir duruş, şeytansı bir inat!/İnsan olmanın sihrini, bir aşkla bozmuşum; haberim yok!/Çocuk gülüşüm sinsiliğimin maskesi, anlamlı kelimelerim hilelerimin kılıfıymış; haberim yok!/Vazgeçmeden de yaşanabilseydi bu sevda!/Hak yemeden haklıca, kural yıkmadan legalce/Ve boynumuza vebal almadan/helalce.../Vazgeçmenin öncesinde, vazgeçilmenin içindeyim!/Sen bir adım sus, ben koşar adım susarım./Konuşmadan yaşarım, ölüm sessizliğimi!"

Gördüğünüz gibi bazen, vazgeçerken, vazgeçilenden de güç almak istiyor insan. Eksikliğinin farkındalığıyla, yapıyor bunu. Kişi her konuda yetkin değildir. Bunun tersini düşünenler cahillerdir aslında. Kaldı ki cahil olmaktan bile bir iç huzur duymalıdır insan evladı. Bunun yolu da ancak kendinle barışık olmak ve cahil olduğunu anlamayacak kadar cahil olmadığını bilmekten geçer.

Bir vazgeçişi anlamlı kılacak birden çok şey olmalıdır insan hayatında. Yoksa vazgeçmeleriniz de vazgeçmekten vazgeçer. Öyle kalakalırsınız bir boşlukta. Sanki dövüşmeden dayak yemişsiniz gibi... sanki kendi cevapsızlığınızda yüzsüzleşip, kendinizi sorgulamayı unutmuşsunuz gibi... bir nedenler silsilesi ve karşılığını bulan sorular olmalı vazgeçmenin aritmetiğinde... vazgeçilene bırakılan sorgular sizi özgür yapmaz. Bırakmaz peşinizi ona yüklediğinizi sandıklarınız. Özgürlük dediğiniz şey, "hiçbir şeyin" size sunduğu boşluk olur o vakit. Bu yüzden kuvvetli olmalıdır vazgeçmenin argümanları. Yaralamadan, yıkmadan vazgeçmeyi ve günü geldiğinde gülümsemeler ve affetmelerle geri dönebilmeyi bilmeli insan. Ağlamayacak kadar vazgeçebilmek, gülümseyerek geri dönebilmenin sırrıdır.

"Merak ediyorsan eğer, Giderken ölümüme bıraktığın yalnızlık, Kendisiyle yaşamayı öğretti bana. Uslanmış değilim yani, Islanmış olsam da gözyaşımdan..."

"başkalarını sonsuzluğa uğurlarken, bir yanımızı da gönderiyoruz onlarla."

Kaç kişi adından kaybeder hayatını?

"başkalarını sonsuzluğa uğurlarken, bir yanımızı da gönderiyoruz onlarla. Sonraları kendimizin olabilecek bir kendimiz kalmıyor geriye... bize..." demiştim Araz'da. Sonsuzluğa uğurladıklarımız, bizden giderken en çok bizi götürür uğurlanışlarına. Senden kopan o'dur, ona eklenense sen...

Yazan insanlar bu hüzün metaforunu çok iyi bilirler. "neden sadece hüzünlü olduğum zamanlarda yazabiliyorum? Yazabilmek için mi hüzünler yaratıyorum, yoksa hüzünlü olduğum zamanlar mı bana yazdırıyor?" sorusuna verilebilecek bir cevap var mıdır bu ayrılık hikayelerinin içinde bilmem ama "ne kadar haykırsan o kadar sağırım bilesin" durumu, sanırım içimizin cevaplarını da aynı ustalığı ile susturuyor.

İçinizin sesini susturan bu sessizlik, bizi karanlık dehlizlerde, iz bulamaz bir tutunamayan yapıyor ve biz, "karanlığa çare yoktur, nasıl olsa yol bulur ve yürekleri sağır eden bir sessizlik, tükenmişlikten arta kalan tek varlığın olur. Söylenememiş tüm sözcükleri ancak ağlarsın içinde. Ve bilemezsin geride kalan mı yalnızdır, yoksa giden midir aslında. Tüm yeminler öfke ile bağış arasında yaşlanır" diyerek, "kılıflara" minareler bulmaya çalışıyoruz. Sonra bir unutuşun kapı eşiğinde yalnızca yarım mevsim bekleşiyoruz.

Gönderdiğimiz sevgili belki de "senin yolunda senden yollandım. Artık umarsızım" tavrına bürünüp, suçluya suçu teslim etmenin rahatlığını yaşamaya başlamıştır bile... ama asıl içinde olduğu durum, "ben tükendikçe artıyor yalnızlığım, yalnızlığım arttıkça da ben tükeniyorum" durumudur. Sizse sessizce, onun sessizliğini seçiyorsunuzdur kendi sessizliğinizin içinden...

Sonsuzluğa gönderdiklerimiz, içimizde öldürdüklerimizdir aynı zamanda. Ve ancak onları içimizde öldürebilirsek sağ kurtuluruz bu savaştan. "Meğer ben harf harf yaşarmışım, koca bir cümle sanırken kendimi" dediğiniz vakit anlamışsınızdır ondaki eksik yaşanan aşkı. Ve bu yüzden giden olmuşsunuzdur zaten. "gidiş her yereydi, gidiş hiçbir yereydi; dönüş kendine olduktan sonra..."

"oysa ben bir zamanlar yalnızlığa otururdum cümlenin içinde ve tek bakışın çürük ihtimaliyle diplere dalardım. Ölüme el uzatmak bellerdim aşkı..." demişim ya... ölüme el uzatmak olarak görmüşüm demek ki aşkı. Sevdiğiniz aşkı başka türlü görüyor ve tamamlayamadan yarım bırakıyorsa sizi, sözlerin feri söner, yalnızlığın bataklığı başlar. "Sözlerimin feri söndü, fire verdim cümlelerde. Cümle içinde yarım kaldım, sayfaya dökülemez oldum. Paha biçilebilir evredeki üniformalı yalnızlığımın apoletinde yeni bir yıldız istiyordum!"

Yalnızlığa gidişinizin tetikçisi olur artık sevgiliyi sonsuzluğa uğurlamak... sonra kazandığınız tüm yalnızlık yıldızları, size bir pazar kalabalığında kaybolmuşluk armağan eder. "Yalnızlık, yeni bir konuşma biçimim oldu. Yalnızlığım, yan tarafımdı; yeri geldi, o da gelmez oldu. Ben bana kaldım. Kendime hükmettim rütbesizliğimle. Hükümsüz yalnızlığımı, yıldızlar arasında kaybettim."

Görüyorsunuz ya... yalnız terk edilen değildir terkin acısını taşıyan. Onunla giden, eksilen yanlarınız nasıl da yeni yaralar açar içinize içinize "Her yara tende bir iz için, hatırlanması yasak bir giz için kabuk bağlar."

Bir kayboluş başlar sonra, içinizde kabuk bağlamayan yaralarınızla bir... "Yolsuz ve yolcusuz yolculuklara, içimde çıktım. Ben kendimi, içimde kaybettim."

Kendini kayıp bir adrese postalayan her tutunamamışın adı bir "yitik"tir. Artık... Başkalarını sonsuzluğa uğurlarken, bir yanımızı da gönderiyoruz onlarla dediğim yerdir o yitik adres. Kendinize kurşundan beter palavralar sıkmanıza gerek yoktur! Artık sizin adınız YİTİK...

"Adımın iki parçalığı, doğuştan parçalanmışlığımın kanıtıymış da ben, kısaca'lardan gidersem daha uzunca kalırım akıllarda ve ön ad yoksulluğum eksilir "sanıyormuşum" sadece... Kaç kişi adından kaybeder hayatını?"

Diyojen'e sorarlar, "üstat, bir adamın zekasını nasıl anlarsın?" diye. Diyojen de "konuşmasına bakarım" der. Tekrar sorarlar "peki ya hiç konuşmazsa?" üstat cevap verir "henüz o kadar akıllısına hiç rastlamadım"

bana bir kere susma hakkı verseydin, sana neler söylemeyecektim!

"Bana bir kere susma hakkı verseydin sana neler söylemeyecektim! Oysa sen hep payına susmaları aldın bana ise hep sessizliğin ezeceği vakitlerle savaşmalar kaldı. Evet! Susmak, birilerini hep konuşmaya mahkum etmekti. Ve en çok konuşan en fazla hata yapandı her zaman. En çok susanın hep haklı kaldığı gibi... sessizlikten korkan birine sessizlik dayatmak (hem de bir lütuf bir armağan gibi) işlenen en haklı suçtu. Sen tüm suskunlukları kimseye bırakmayacak kadar bencil, herkesi suskunluğuna özendirecek kadar cömerttin. Sana söylenenlerle, sana anlatılanlarla herkesin sırrını bildin ama kimseye bir şey söylemedin. Oysa izin verseydin benimde sana söylemeyecek ne çok şeyim vardı... insanları sadece dinleyerek böyle çıplak, böyle savunmasız bırakmayı nereden öğrendin? Başkalarına ait bunca sırrı taşımak seni neden hiç yormadı? Sen en çok bana sustun; ben en çok sana konuştum. Sana benzemeye başladığımdaysa, bende içimi susarak döktüm... yoksa içim dökülecekti... Susacak hiçbir şeyin kalmadığında ise içindeki sessiz diyaloglarla benden çekip gittin. Meğer susmak insanın içiyle konuşmasıymış... geç fark ettim!"

Beni susarken bölmeyin bir daha! Susuşumu kesmeyin! Çok mu gür sustum, size gürültülü mü geldi suskum? Suskunluğumu suç gibi görenler! Acaba ben mi çok suskunum, yoksa siz mi çok konuşuyorsunuz? "kargalar konuşmaya başlayınca bülbüller susar" (Mevlana)

Sanırım siz aslında boş konuşmalarınıza yancı arıyorsunuz? Üzgünüm ama aradığınız kişiye şu anda ulaşılamıyor. Susmak benim size en sahici yanıtımdır. Bakın, "suskunluklar iç kanamasıdır ilişkilerin" diyor Murathan Mungan... belki içime kan birikmesinden korkmuyorum ne dersiniz? Size uymuyorum diye beni yanlış bir yere; **"dışarıya"** kilitlediniz, farkında mısınız?

Nerede, neye, ne kadar susacağını bilmek, nerede, neye, ne kadar konuşacağını öğrenmekten daha zordur. Ben suskunluğumu kendine konuşma alanı yapanları değil, susuşumu ruh ikizi gibi görenleri arıyorum. Şimdi benimle susar mısınız? Ben sustukça çoğalıyorum, siz konuştukça azalıyorsunuz. Kendinizi tüketerek birikemezsiniz.

"suskunluk tehlikeli bir silahtır, lütfen sevilenlerin ulaşamayacağı yerlerde saklayın!" der, Pelin Onay. Kullanmasını bilene yaralamadan, öldürmeden "konuşan" olmaz mı o silah? Bana göre; dışa iç, içe dış olmaktır susmak. Geri çekildikçe hayata doğru ilerlersiniz böylece.

Aslında ne kadar da haklı Aziz Nesin "duyuyorsun değil mi suskunluğumu nasıl haykırıyorum/susarak sevgisini ilan eden çok var sevgilim/ama bir başka seven yok benim sustuğum biçimde" derken... suskun sevilerin en mütevazısı olmalı böylesi bir sevmek.

Suskunluğum, konuşamamaktan ya da adam sansınlar diye değil, konuştuklarımdan yapılma silahlarla beni vurmasınlar diyedir. Susarak gülümseyişimi de ifadesizliğe yeğlemek olarak algılayın; sizi küçümsemek olarak değil! Sükut ikrardan gelir derler. Siz bir de o gülüşe acı ekleyip düşünün derim ben de.

Bilmem; hiçbir yere bakmadan her yere bakan sizler, bunu başarabilir misiniz! Ben susunca yüzüme bakın ama yüzümde gizlediklerimi de görün. Onlar size konuşacak her şeyi... unutmayışların en deli yanları yatar o yüzde. Kaybedenlerin onurlu hüznü yatar. Bir de sadece bakmasını bilenlerin gördüğü bir "karşı bakış" vardır orada mutmain... susarak gülümsüyorsam, haklılığımın size vereceği rahatsızlığı hafifletmek ve kendinizi iyi hissetmenizi sağlamak içindir ve bilin diyedir; yalnızlığımın çok kalabalık olduğunu... "katlandım sonra simsiyah kapanıp -okları içine dönük bir kirpi gibi- kapanıp simsiyah yalnızlığıma/sustum..." Şükrü Erbaş

Bir öç'ün başlangıcı gibi susmuşum ve susma hakkımı müebbede çevirmişim ne gam! Söylenmemiş sözleri, içime kaydediyorum. "artık çocuk değiliz, susarak da bir şeyler diyebiliriz" diyor ya hani Hasan Hüseyin Korkmazgil; içimdeki çocuk bile öğrendi susmayı... koca koca adamların susmak bilmeyen okullarında... "sesimi susmayı denesen geberirdin" değil mi?

Ulaşabildiniz mi haklıyken susabilme erdemine? Sizin susuşunuz ancak Gülten Akın'ın anlattığıdır. "sözlerin bumerang gibi, döner yaralarsa seni/ağzın dilin gereksizdir/susarsın..." evet! ağızdan kurşun gibi çıkan sözlere susturucu taksanız ne yazar... elbet bir gün dönüp, sizi vuracaktır o bumerang...

Bana susmayı öğretene, "suskunluğun en bilmediğim dilini konuşuyorsun ve yine bilmediğim dillerde susuyorsun" demiş ve eksikliğimden utanmıştım. Güldürmüştüm kendime kendimi. Sonra onun konuştuklarından yapılma bir sessizlik oldu ağzım. Sessizliğin dilini konuşmayı öğrendim. "sağırlar sadece kendini duyar" dedim ve kendini sokmak da olsa bu; gömdüm içime sesimi.

Sonrasında aşk da suskunluğum oldu benim... konuşursam daha fazla ölecekmişim gibi... söyleyeceklerim, hangi suskunluktan daha anlamlı olabilir ki? Aşka söylenecekleri kelimesizlik kelepçesiyle içime hapsetmişim kime ne? sözle kopan bin fırtınayı bir sus'la bağlamışım.

Ahmet Telli, "söz de sararır" şiirinde, "konuşacak ne kaldıysa kalsın/susmaktır bir şeylere saygılı kılan" diyor. Yazar, Uygar Şirin "ben konuşsaydım susardım" demiş, "anne tut elimi" adlı kitabında. Ve ben bas bas sustuğum halde anlatamıyorum size bu erdemi.

Tek olmadan yalnız kalmaktır susmak. Kendine geri çekilmektir. Gelin bu yolda susalım hep beraber diyerek, sağırlık yaratacak sessizliklere temenniler dökmektir. Doldurulsun diye hayata üç noktalar bırakmaktır. "hayat bugün bana iyi bir şey sus"

Konuştuğumda duymayanlar, susuşlarıma kızmasın çünkü; sizin tutsaklık olarak gördüğünüz suskunluğum, benim özgür sessizliğimdir.

Bir de söyleyeceklerini yitirmekten korktuğu için susanlar vardır. Onlar, en cesaretsizleridir suskunların. Onların suskunlukları, söylenen sözlerden farksızdır. Onlar kendi damarının kan emicisidir. Ziyandır susmaları. Onlar, suskunluklarından bir çöplük yaratırlar kendilerine... zehirlene zehirlene yaşadıkları...

Huzuru konuşturan bir suskunluk değildir onlarınki. Konuşarak susanlar gibi olur onlar... susarak konuşanlar gibi değil...

Bulmak isteyene, sessizliğimi biriktirdiğim yerde saklanıyorum. Bana yalnızca anlayışın eşiğinden geçerek ulaşabilirsiniz. Yaşadığımdan fazlasını susuyorum ve böyle sustukça en çok geçmişteki konuşmalarım oluyor yorulan...

Unutmayın! Susmak bir duadır ve susmanın anlattığı, susuşun anlamındadır.

"konuşmak küçülür-küçülürse/Adı değişir susmak olur./Ağlamak büyür-büyürse adı değişir susmak olur." diyor ve bir başka şiirinde de şöyle sesleniyor Özdemir Asaf,

"söylenemiyor çok şey/susmadan"

Belki de Defne Turaç'ın dediği gibidir susmak... "başkasının hayatından yok olurken, kendi hayatınızda tekrar varolmak. Bir nevi, dışarı çıkmış kökleri tekrar içeri sokmak. Kalbi göze taşımanın en güzel yolu."

Neye ve neyi susacağını bilen insan, kendini sessizce duyurabilen insandır. Ve son söz Uğur Mumcu'nun; "insan yalnızca söylediklerinden değil, sustuklarından da sorumludur."

"KENDİMİ KORLARDA DENEMİŞİM BEN. SENİN ALEVLERİN ELLERİMİ ISITIR EN FAZLA."

Ne Desem Kar Yağıyor

Hazır susmak demişken… Bazen anlattıklarınızın arkasında derin sessizlikler saklı olur. Bazen de sustuklarınızın içinde uzun konuşmalar… Aşkınıza doğru, içinizdeki suskunlukları yüklenip ağız eşiğinizden çıkarken, "çıkmak" kelimesini düşürüverirsiniz ya yere... işte öyle bir anda yazılır bu şiir; konuştukça katil, sustukça kahraman olanlar için…

sana anlattıklarım neleri susuyor bir bilsen
ve anlatmadıklarım neleri söylüyor
boğazımı yırtarcasına susuyorum
ya verilmekten yıpranan cevaplardayım
ya sorulmamaktan solan sorularda

İnsan bazen aynı sorulara aynı cevapları vermekten yorulur. Ve o cevaplardır ki artık ağızdan yıpranmışlıklarla, eprimişliklerle çıkar. Bir zaman sonra mırıltıya, daha sonra da inlemeye dönüşür. Ağzınızdan çıkarken yorar sizi. Söylendikçe eskir, söylendikçe bıkkınlık verir. Oysaki hiç sorulmamış, bir köşede saklanıp solmaya yüz tutmuş sorular olmalıdır bir yerlerde.

Onları hiç sormuyordu bana. Her daim aynı sorulardı duyduklarım. "neden hep gidecekmiş gibi duruyorsun?", "niçin hep sana inanmak istiyorum?", "niye hep küsüyorsun?" …

Uzayıp gidiyordu bu sorular. Oysa suskunluğumu okumayı bir deneseydi; içinde sorulmamış sorulara bile cevaplar bulacaktı. Ama okuyamadı. Sormaktan ve aynı cevapları dinlemekten öteye geçemedi. Eskiyor ve yıpranıyorduk. Ellerini tuttum ve "bana beni değil, seni bana sor" dedim. Sustu öylece. Uzun yüzünde bir soru işareti belirdi. Ve tekrar sarıldı sade kahvesine.

sen ıslatmasını bilmeyen bir yağmur oldun her akşam
ben ıslanmasını bilmeyen ahmak
bu yüzden aşık olamadık sırılsıklam

Aşık olmak, bir ömrü sevdiğinin yoluna sermek değil; ömrünü, sereceğin yolda beraber yürüyebilmeyi bilmekti. Öbür türlüsü ömrü çiğnetmekten başka bir sonuç vermezdi. Bunu hiç anlatamamıştım ona. Sürekli fedakarlık sunmak, karşı tarafı sürekli borçlu bırakmaktı. Ve o, bunu hep yapıyordu. Halbuki fedakarlık denen şey, aşk terazisinde eşit olursa bunun adı aşk olurdu. Bu yüzden ne o, "ıslatabilen" bir yağmur oldu, ne de ben o yolda ıslanan bir ahmak.

pimi çekilmiş coğrafyalarda
zaman ayarlı bir aşkın en tesirsiz parçasıydın
ve ben günah şeridinde hatalı sonlanandım
az gittim
uz bittim
hiç geldim

Her çoğalmada koca bir hiçlik kalıyordu avuçlarımda. Her ayrılış bir yara, her birleşme bir merhem oluyordu dikiş tutmaz ayrılıklara. Biz, en çok ayrıyken birbirimizi çekiyor, en çok birbirimizinken ayrılıyorduk. Kazanmak için birbiriyle dövüşen boksörler gibi, yoruldukça birbirimize sarılıyorduk, kavga için güç kazanmak adına... Sonu gelmeyen tartışmalarda yorgun düştükçe, dinlenmek için yine birbirimizin yaralarını sararak devam ediyorduk dövüşmeye. Birbirimizi tükettikçe ve birbirimizden gittikçe, yine birbirimize başlıyorduk her seferinde.

uyurken bile uykusuzluk akan gözlerinde
kaçan trenlerin hesabını istasyonlara kesen
kalabalıkta unutulmuş bir yalnızdın
kendine kaçak yolcular bindiren
her yolcuda kendini ihbar eden

Kaçırılan trenlerin hesabını önce kendine sormalıydı insan. Yetişilememiş, gidişine arkadan bakılan bir trenin hesabını, kaderi durmak olan istasyonlar ödeyemezdi. Belki ben o trene son anda yetişmiş bir biletsiz, bir kaçaktım. Ama o beni hep kendi kalbinin kaçak yolcusu olarak gördü. Bu yüzden devamlı inecekmişim korkusuyla yaşıyordu. Beni hayata ihbar ettiğinde anladı kaçaklığımın biletsizliğimden olduğunu... Ben kalabalıkta unutulmuş bir yalnızı, onun yerine oynarken, o, ben diye kendini ihbar ettiğini bilmiyordu.

"kalbime girmek tehlikeli ve yasaktır"larla
yaşamamaya kalkışıyorsun hayata
ve ben senden yırtılma bir yelkenle
aynı yöne gittikçe aynı yere geldim
sonumu baştan yazdım
içimde hala bana ilk aldığın acım

Kalbine girilmesine yasaklar koyan birinin yüreğine sızarsanız eğer, bir mülteci gibi kalakalırsınız önceleri. Kalbine yerleştiğinizi sonradan fark ederler ve önce kendilerinden başlarlar sorguya. Siz ki o koca yürekte daha bebek adımlarınızla varsınızdır. Yaşanan bir çok savaştan tarumar olmuş bir kalbin içinde, yeni bir barınak kurma telaşesi içindeyken siz; o size hep inanmayan gözlerle bakacaktır. Yeni başlangıca, yeni bir "tanıştığımıza memnun oldum"a temkinli yaklaşacaktır. Belki de kendi yıkılmışlığının faturasını size kesecektir. Ve siz de ondan gelen "ilk acı"yı içinizde saklayacaksınızdır böylece. O'na bunu hiç anlatamadım. Ki bu kadar gönüllüyken, öfkesinin kum torbası olmaya...

gece, sabahı da siyah kusuyor üstüme
aklıma yaprakların dökülüyor
bugün aklımda sen vardın
aklımı karıştırmadım

artık biliyorum
aşk bir intihar saldırısıdır
yalnızca iki kişinin öldüğü
aşka nişan alıp ayrılığı ıskalayan acemi

hala gözlerinde kalp kapaklarım
seni almadan içinden nasıl giderim
ve sen kaç kez bu hırsla sevildin
koca koca kışları
kısa kısa şubatlara biriktirdin

O koca koca kışların en kısa ayıdır Şubat. Biraz öfkeli, biraz manidar geçer. Bir tesadüf müdür bilmiyorum ama en güzel günlerimiz ve en öfkeli kavgalarımız, boyu en kısa ay olan Şubat ayında geçmiştir. Aklımda onun aşkı, uzun saçları, uzun parmaklarıyla yaşarken, hiç karışmazdı aklım. Ne zaman öfkesi, şiddeti ve o bitmek bilmeyen aşk sorgusu girdi aklıma; işte o zaman başladı uzun gecelerin sabahlarımı da siyaha boyaması... gidecek kaygısıyla sevmek, onu hırslı bir aşkın kollarına itiyordu. Ve ben aynı hırsla karşılık veriyordum, seviyordum onu. Bir intihar eylemcisi gibi dalıyordu bazen kalabalık yalnızlığıma. Çekiyordu pimini aşk sancılarının, hiç tereddüt etmeden. Sadece ikimiz ölüyorduk bu aşkın intihar saldırılarında. Aşk adına yapılan, aşka nişan alınan bu saldırılar, ayrılığı ıskalıyordu hep. Bir gün, 12'den vurmasından korkuyordum.

susku sınanmamış bir ustura gibidir
susardın

Bazen küçük yalanlarımı yakalar, hiç belli etmezdi. Susar ve izlerdi. Sorular sorardı nereye gideceği belli... her soruda avına bir adım daha yaklaşan avcı gibi hissederdi kendini. Bense o talihsiz Ceylan olurdum hep. Suskunluğunu daha önceden hiç kimsede denememiş olmanın acemiliği ile yaklaşırdı. Bilmezdi; o tür bir suskunun sınanmamış bir bıçak olduğunu. Tehlikeli oyunlar oynardı kendince. Final sahnesindeki üzücü haklılığına doğru koşardı. Oysa haklı olmak her zaman mutluluk getirmiyordu. Son darbeye doğru giderken, atacağı her kesik, en çok kendisini yaralayacaktı... yavaş öğreniyordu...

iç denizine sığınmış gemileri yakan bir limandın
bak şimdi gönülsüz gittiler senden
gönlünü çaldıkların
Eski aşklarını çok süründürmüştü peşinden. Anlattığına göre

hepsi hak etmişti bunu. Aldatana acımıyordu. Onları uğurlarken kalp evinden, hiç fark etmedi gönlünü çaldıklarının artık gönülsüz yaşayacaklarını ve bunu da yaşamak sanacaklarını...

yazmadıklarından korkarsın en çok yaşadığın hiçbir şeyde
ve adın gibi bilirsin
aramayı unutan
bulmayı öğrenemez

Aradığı hep "başka" bir şeydi. Ve tüm bulduklarını "başka" zannetti. Çünkü deli gibi ararken, bir zaman sonra neyi aradığının bir hükmü kalmıyor, ararken karşısına çıkanlar, arama eylemini unutturuyordu ona... Oysa "bulmak" her zaman aramakla olmuyordu. Hiç ummadığınız bir anda çıkıveriyordu karşınıza bulmak istediğiniz. Aramadığınız bir zaman dilimi içinde geliyorlardı. Ve ne yazık ki bazen aramayı unutanların bulmayı öğrenemediği gerçeği ile kaçırıveriyorlardı bulunmak için gelenleri. Ben öyle gelmemiştim ona. Evet, aramadığı bir zamanda sızıvermiştim kalbine... ve o, daha unutmamıştı bulmayı...

bugünler dünlerinden utanıyorsa
hiç yarın olamayacaklar

Ona ilk gelişimde, geçmişin hayal kırıklıklarıyla karşıladı beni. Temkin ve tereddütle yaklaşıyordu. Geçmişinin mazi ile sardığı yaralarından kan sızıyordu hala. Ben onu yaralarından tanıdım. Dünlerini anlatırken verdiği gizli mesaj "sakın sen bunları yapma yoksa sen de onlar gibi gönderilirsin kalbimden" di. Açık açık söylemese de anlıyordum. Kötü olan dünlerin izleri, yaşadığı bugünlerinin üzerinde bir utanç perdesi gibi duruyordu. Zamanla öğretecektim ona dünlerinden utanarak bugünleri yaşamanın bize yarınları getirmeyeceğini.

şimdi ne bugünsün ne de yarın
olsa olsa sadece bir yarım
ya da eksilen yanım

Dünü bugün gibi yaşamak, yarını yarım yaşamak olacaktı. Oysa geçmiş onunla birlikte yaşanmayacak kadar hatırda kalan, geçmişte de bırakılmayacak kadar gerekli bir olgu olarak görülmeliydi. Dünleri bugün gibi yaşamak, bugünün içinde yaşanması gereken ve yaşayamadığın an kayıplarının zamanı öldürmesiydi. Bu da bende, o'nu eksilen yanım yapardı.

an kaybından ölen zaman
senden daha katilini bulamadı kendine

gelseydin eğer kendimi bile kovardım yanımdan
gelmedin
yine kendimsiz kaldım ardından
dünyanın bütün dillerinde sustum
ve bir şair bıraktın geride
ekmeğini aşktan çıkaran

Dünyanın bütün dillerinde aynıdır susmak. Siz ki onun için, kendinizi bile kendi yanınızdan kovacak kadar vazgeçmişseniz kendinizden; o gelmediğinde de kendinizi bulamazsınız kendinizde. Sanırım aşka teslim olmak böyle bir şey, gidenin ardından susmak da...

Suskunluğunuz büyüdükçe, yazacaklarınız çoğalır. Ya şair olursunuz ya deli. Ki ikisi de aynı kapıya çıkıyor zaten. Evet, gelir gibi yaparak gitmişti sonunda. Olduğunu sandığım bir aşka dönüp bakarken, içimde yoktan başka hiçbir şey kalmadığını görüyordum. Bunca beklentinin içinde biriktirdiklerinizi patlatacak olsanız, etrafınıza acıdan başka hiçbir şey sıçramaz. Ne kendinizi ne de etrafınızı acıtmamak için bekler durursunuz... patlamamaya hazır bir bomba gibi... yarım kalmış her şeyin muhasebesini yaparsınız içinizde, tıpkı benim gibi. Gelmeden giderken, yanınıza yörenize bıraktığı en can yakıcı sözlerle kardeş olmayı öğrenirsiniz. Bunca yazarken bile hala neyi anlatamadığınızı düşünür "ya ben konuşamadım, ya sen sağırdın" der ve aşağıda okuyacağınız süreçten geçersiniz.

sustalı bir aşk seninki
sesinle çıplaklaşıp
suskunluğumla giyiniyorum

korunak sandığım tüm senlerde
içimde yoktan başka bir şey kalmadı

ruh ölünce cesedi beden taşıyor sırtında
iki büklüm acılarla
patlasam her yere acı sıçrayacak biliyorum
patlamamaya hazır bir bomba oluyorum

ben mi çok yorgundum sen mi çok dinç
bende mi eksikti
sen de mi fazlaydı sevinç
dilsizler yalan söyleyemez anladım
ya ben konuşamadım
ya sen sağırdın
her şeye rağmen bana öyle çok sığdın ki
içimde kimseye yer bırakmadın

bildiğin
ağaç misali toprağa bağlandıkça gökyüzüne uzamak
çelişkin
giden bir trende kalanların şarkısını haykırmak

hangi dil kendini kandırabilir ki
aşk bir suç değil mi
her defasında kendini ihbar edip yakalatan
ve en saf ihanet
kendi ihanetine kanan

senin gibiler
vakitsiz susan aşkı severler
seni bu kör kuyulardan salan neyin şarkısıysa
gözlerinin kahvesinden içtiğim de oydu
şimdi

eksilen her yanıma adını verdim
bu yüzden güzelim ben

dudağına düğümlediğin fırtınaları kopardın sonunda
bir bardak suda
ben ancı
sen soncu
sana dayanamadı bıçak
kemiğe dayandığı kadar

elbette unuturum sonunda
en fazla bir mevsim ağlarım
alışırım yalancı baharlara ama
ama yine de
biri beni kandırsın yokluğunda

Kimler unutulmadı ki aşkların değişken hafızalarında. "eğer insan unutmak istemezse, bir günü bile hatırlar on yıl sonra...ve unutmak isteyen, bir günde unutur on yılı" diye yazmıştım. Hep bu sözün doğruluğuna inanarak yaşadım o ayrılıktan sonra. Unutmak kolay olmamıştı. Birilerinin beni kandırmasına ihtiyacım vardı. Kandırılırsam, kolay olacaktı unutmak. Belki de kendimi kandırmam gerekecekti. İlk günler fena gitmiyordu. Oyuncaklar kadar yalancı değişkenliklere kucak açtım. Arada bir kendimi sınadım. Onunla gittiğimiz yerlerin önünden geçerken, kalbimin nasıl attığını kontrol ettim. Hediyelerini ayırmadım gözümün önünden. Onu hatırlatan hiçbir şeyi saklamadım evimde. Her şeyi ortaya çıkardım. Onlarla yaşamayı öğrenmeliydim. Kaçsam daha çok bulacaklardı beni… zaman zaman küçük iç kanamalı hezeyanlar geçirsem de genel anlamda iyiydim. En çok bu süreci, onun nasıl geçirdiğini merak ediyordum. Acaba pişman mıydı? Acaba geri döner miydi? Bu ihtimaller, uzaklardan geçtiğini gördüğüm ama ne kadar baksam da detaylarını asla fark edemediğim bir kervan gibi geçip gitti aklımın odalarından. Sonra başka ihtimaller düşünmeye başladım. Beni en çok rahatsız eden soruysa "acaba hayatında yeni biri var mı", "öpüşüyorlar mı", "sevişiyorlar mı", "gittiğimiz yerlere onunla da mı gidiyor" gibi sorulardı. Cevabını bulmaktan korktuğum soruların peşine düşüyordum zaman zaman. Sonra kendimi bir mantık süzgecinden geçirip "saçmalama artık o sana ait değil. Kiminle ne yaşamak istiyorsa onu yaşar" diyordum ve kendimi rahatlatmaya çalışıyordum. Söylediklerime inanmış gibi yapsam da "bir başkası" fikri gizlice oyuyordu içimi. Bu iniş çıkışlarla yaşadığım ayların sonunda ilk mesajı geldi. Evet! Aramak ve aramamak arasında elimin yüzlerce kez gidip geldiği telefonumda onun mesajı gülümsüyordu bana. Hal hatır soran kısa bir mesajdı. Hal hatır beyan eden kısa bir cevap yazdım. Kendimi iyi hissediyordum. Giden olduğu halde ilk önce o mesaj atmıştı. Demek ki benim durumum ondan iyiydi. Birkaç gün sonra başka bir mesaj daha geldi. Bu sefer bir adım daha ileri gitmişti. "bir yerde oturup bir kahve içelim mi?" diye soruyordu. Cevabı bilinen bir soruydu. Oturduk, kahve içtik, konuştuk. Gözlerinde hala ben vardım. Buna güvenerek, "benden sonra hayatına biri girdi mi? Diye sordum. "hayır" dedi büyük bir keskinlikle. Kendimi daha da iyi hissetmeye başladım. Korktuğum olmamıştı. Sonraki günler hep onun aramalarıyla geçti. Kendime olan güvenim her aramasında daha da çok artıyordu. Benim aramalarım çok nadir olurken, o sık sık beni arıyor ve hep nasıl olduğumu merak ediyordu. Bu güvenin verdiği şımarıklıkla "benden kopamayacağını biliyordum zaten" diye düşünmeye bile başlamıştım içten içe. Arkadaş olarak kalma yalanına kendimize inandırarak, dostmuşuz numarası yapıyor, birbirimizin gözlerinde kayboluyorduk. Bir zaman sonra tekrar beni sevdiğini de söylemeye başlayınca, göğsümü gere gere karşılık vermeye başladım. Sürekli peşimde olması, garip bir şekilde hoşuma gidiyordu. Ben o kadar aramasam da o hep arıyordu. Buluşma için teklifler hep ondan geliyordu. Bazen kabul ediyor, bazen de işim olmadığı halde "hayır" diyordum. Sanki geçmişte yaptığının intikamını alıyordum ondan. Hep bir adım uzaktım. Ama asla görüş menzilinin de dışına çıkmıyordum. Ne arkadaştık artık ne de sevgili. Böyle geçip gidiyorken günler, benim aramalarımın, artık onun aramalarından daha fazla olduğunu fark ettim. Ya da onun, benden daha az aramaya başladığını... çok durmadım üzerinde. Bugün aramazsa yarın arar dedim. Aramadı! Hem de bir daha hiç aramadı. Sabrettim, bekledim. Zaman tanıdım ama olmadı. O aramadığı için ben de aramıyordum. Çünkü son dönemde roller değişmeye başlamıştı. Ben daha çok arayan, daha çok üstüne düşen olmuştum...

Zaman geçip giderken, avuçlarıma bir gerçeği ikinci kez bırakıverdi. Gitmişti! Benim gerçek dramım işte şimdi başlıyordu. Artık geçtiğimiz yerler içimi eziyor, buluştuğumuz kafeler üstüme yıkılıyor, verdiği hediyelere bakmak, hıçkırıklara boğup ağlatıyordu beni. Sonrasında yemelerden, içmelerden kesilmek, anti depresan'larla yaşamak ve daha büyük bir suskunluğun içinde, altında ağ olmadan ölümün ipinde yürümeler dönemi başlıyordu.

Elbet, bugünlerde geçecekti. Sıyırıp geçen kurşunlar gibi. Öyle de oldu. Ben başka bir hayatın içinde onun yollarını adımlayarak, başka kollarda onsuz; o bensiz bir hayatın içinde başkalarıyla sessiz var oldu. Yazdığım her şiirin öznesi olarak kaldı bende. Şimdi ne yazsam ne desem, üstüne kar yağacak biliyorum... yazdığım her şeyi okuduğunu da... biliyorum... bu da dahil...

sen bu şiiri okurken
ben başka bir şiirde olacağım

başkasının kollarında da senin yollarını adımlamak varmış

sana anlattıklarım ne çok şey susuyor
ve sustuklarım neler söylüyor
gittin değil mi
şimdi ne desem kar yağıyor

"sesinin ardında
yüzün sessiz bir
tabanca gibi duruyor
kendimi kötü
kurulmuş bir cümle
sanıyorum
gece yüklü bir
kamyon uykularımı
solluyor"

yokluğun varlığı olan sessizliğim; sus biraz!

Sana yaralarımdan bahsedeceğim. Her gelenin eğilip baktığı, sarmak için türlü klişeler denediği ama her seferinde daha çok kanattığı yaralarımdan... sen, en sakındığın yerlerine iğneler batmasının ne demek olduğunu bilir misin? Daha kanayacak bir yerinin kalmadığında, başkalarının giderken açtığı yaraları, kendi kendine dağlayacak gücü bulamamayı?

Sana, gidenlerin bıraktığı acılardan bahsetmeyeceğim; kalanların içimde yarattığı boşluktan bahsedeceğim. Varlığını yokluğundan alan bir boşluk içreyim. Hiçbir ayraçın ayıramadığı, birbirine geçmiş sessizliğin karşıma geçip bağırmasısın içimde. Ve ben o sessizliğe konuştukça, aslında sadece senin kabuğuna seslendiğimi anlıyorum. Duvarlarına çarpan sesim bana geri dönüyor sessizliğimin içinden. Kulaklarımı yırtıyor kaybolmuş sesim. Sesim, sessizlik olarak çarpıyor yüzüme... sessizliğim... sus biraz!

Sana, yalnızca içine düştüğünde içinde hissedebileceğin bir şeyden; "boşluk"tan bahsedeceğim. Çoğu kez kendi boşluğuma düşüp, senin boşluğunda ayağa kalkıyorum. Bir boşlukta tutunabileceğin tek şey, düştüğün boşluğun kendisidir. Yani sen şimdi gittin ya... yani ben yapayalnızım ya... senin bıraktığın yalnızlığa tutunuyorum... böyle bir şey işte boşlukta boşluğa tutunmak. Yokluğuna uzanırken boşluğuna düşmek; kendime yaslanmam oluyor en sonunda. Bir zaman sonra kendime dayanacak gücüm de kalmayacak. İşte o zaman içimdeki boşluğa düşüp, yine senin boşluğunda uyanacağım. Her gece... her gece... hep gece...

Boşluk bir sessizlik, sessizlik bir boşluktur. Ölür gibi doğar, bitmeyecek gibi ölür. Boşluk işte... geçti sanırken hep içinde oturduğun... kaçtıkça sığındığın olur zamanla. Sığındıkça da kaçtığın.

Kaybedilenin bıraktığı yokluk hissidir, yokluğun kardeşidir boşluk. Giderken bana armağan ettiğindir.

Giderken kalanlarındır.

Giderken gittiğin, gelirken kaldığındır.

Beni, kendime dahi merhametsiz bırakışındır. Hayatımın küçük ve kısa boşluklarında büyüyüp, hayatımın kendisi olandır.

Boşluk...içimdeki koca meydan. Koca meydanın içindekiyim. Bana o kadar çok şey verdi ki ve benden o kadar çok götürdü ki bıraktığın boşluklar; bir boşlukta kendimle tanıştım bir başka boşlukta kendimi tanıyamadım.

Bana beni aratıp, kendini bulduran yar... o kadar sıkı ki boşluğun, şimdi senin boşluğunu hiçbir boşluk kandıramayacak...

Sana unutamayanların öykülerinden bahsedeceğim. Çarpıp çıkılmış, pervazı kırık, ardına kadar açık kalmış, kilit tutmaz kapılardan... sürgüsü parçalanmış her kırık kapının eşiğinde bir "unutamayan" çömelmiştir. Unutmanın kapı eşiğinde, unutmamakla cezalandırılmış bir unutmama sürgünü... senden önce benim de kapılarım vardı; açıldığında mevsimler uğurlayan, mevsimler kucaklayan... kapılarım vardı avazları yutan, sessizliğe sunak olan... şimdi kendi sesinden ürker o kapılar. Kendisini kimin çalacağını bilmeyen kapılarım vardı benim de... sormadan girişinden sonra bir daha kimseye açılmadı. Bana bile...

Şimdi çıkarken kırdığın o kapıdan, sadece fırtınalar giriyor içeri. Kendim kapı olsam neye yarar, ne açılıyor ne kapanabiliyorum... ve kimse içimden geçmiyor...

Sana pişmanlıklardan bahsedeceğim. Suçluyken bile sana hiç uğramayan, masumken dahi benden hiç gitmeyen... Keşke'lerin ev sahibi, artçı sarsıntıların başlayışı olan pişmanlıklardan bahsedeceğim... bir uslanmazlık sunamazsa, arlanmazlığı da peşi sıra getiren...

Sen kendi pişmanlıklarını bile görmezden gelirken, ben pişman olduğuma pişman oluyorum her boşluğa düşüşte. Bir nedamet hırkası bu; üstümden hiç çıkartamadığım... oysaki senin ruhunun kırık hafızasını oluşturur pişmanlık. Benim geri sayım bildiğimdir pişmanlık... sende etkisiz eleman. Pişmanlık, insanın eksikliklerine ve kendi yarattığı hatalarına, yine kendisinin kestiği bir cezadır. Sen o cezayı hep ödül bildin. Her yeni pişmanlık, sende hep eski yaraları kanatırken, bugünün hesabını dünlere ödettin. Senden yarınlara, iflah olmaz bir pişmanlık kaçağı kaldı. Bana haram olan her avuntu sana helal şimdi.

Payına düşen-düşmeyen tüm avuntuları kendine yonta yonta, beni avuntusuz bir hiçlikte bıraktın. Şimdi bunca yok oluşumun ardına "sana benden bahsedeceğim" desem, dilsiz ve sessiz konuşmalarımla, yine kendimi boğarım… işte bu yüzden; yokluğun varlığı olan sessizliğim; sus biraz!

"Kendime birikiyorum kendimi yabancılaştırarak kendime."

"Seni ilk gördüğümde
dünlerinden bozma uçurumlarını
gizliyordun yüzünde.
Bir şeyleri saklarcasına gülüyordun.
Yalnızlığına kalkan yapmıştın
geçici kalabalıkları.
O çok konuşmaların
içinin susuşlarındandı.
Ağlamak özneli gülmelerini
biriktiriyordun
yüzünün deltasında."

ARAZ

Bir isimdir Araz. Her iki cinse de verilebilir. Fakat, anlamı erkeğe konduğunda başka olur, kadına konduğunda daha başka. Keşke imkanım olsa da size o şiirin orijinal, elle yazılmış halini gösterebilseydim. Araz'da şöyle bir cümle geçer "Siz hiç yar saçının bir telinden kendinize gurbet yaptınız mı?" işte o cümlenin altında, kağıda yapıştırılmış bir saç teli vardır ve cümlenin uzunluğu saç telinin uzunluğu kadardır. O saç teli ise tabii ki gerçek sahibine, Araz'a aittir.

"Yalnızım çünkü sen varsın"
"Gel" desen gelirdim
Gittiğin uzak da bendim
Dağ gibi bir ihanetten düştüm
Bu kendime son gelişim
Ölümbaz öpüşler kusuyorum ceplerime
Kendimi suçüstü yakalıyorum
Ve kentsizliğimin isimsizliğini
Araz'a uyak düşüyorum
Gözlerime senden düşler sürüyorum
Islak bileklerim kan bayramına yatıyor
Bana en büyük tehdit yine ben oluyorum
Sonra bir durağa yaslanıyorum
Sonra bir kente
Ve sen gidiyorsun
Ben kanıyorum

Diyorlar ki "kendini dinleme hiçbir şey söylemiyorsun"
Oysa "gel" desen gelirdim, biliyorsun

Yukarıdaki bölümde bir duraktan bahsediliyor. Bu durak, İstanbul Vatan Caddesindeki otobüs duraklarından biridir. Emniyet müdürlüğünün aşağısında olan durak. Şiirin ilk yazılmaya başlandığı yer de o duraktır. Bir kış gecesi Araz, otobüse bindirildikten sonra durağa yaslanılmış ve ilk dizeler oluşturulmaya başlanmıştır. Yaklaşık bir saat o durağa yaslanıp kaldığımı hatırlıyorum. Ancak, üşüyen ayaklarımı hissetmemeye başladığımda şiire ara verebilmiştim. Sonra yürümeye başladım. Şiiri yazmaya devam ediyordu içim.

Duraklar değiştirilip, şimdiki cam halini alana kadar, yaslandığım yere durağın boyasını kazıyarak yazdığım adı duruyordu.

Yorgun Haliç'e biraz inat
Biraz ihanet bırakıyorum
Ellerinden bir tedirginliği bir tehdidi avuçluyorum
Aklıma düşüyorsun
Düşüyorum
Düşünce
Üşüyorum
Azgın hüzünlerle körlüğüme göçüyorum
Ayrılığın saati kaç geçiyor bilmiyorum
Yalanlarımla bir hiçlikteyim
Beni içinden kaç!

Bu kentte her yağmur kendini ağlar
Aklıma düşsen yalnızlık oluyorum
Ağzımdaki uykudan öpmüyorsun nicedir
Nerde, kimi üşüyorsun?
Artık kendini yakan bir ateşim
Kendimize birbirimizden düşler yapamıyoruz
Şimdi boş duraklarda yaslanıyorum
Boş kentlere
Oysa "gel" desen gelecektim

Gün düşlerime dönüşlerimde
Bakışın içiyor beni gözlerimden
Gövdemi düşürüyorum güz yavrusu duraklara
Uzaklığına uzanıyorum
Sevdiğin sonbahar geçiyor üstümden
Ama artık hiçbir göğü içmiyorsun dudaklarımdan
Yıkılıyorum şarkılara
"Kimseler biliyor"
Yalnızlık dostumdu
Şimdi korkum oluyor
Oysa "gel" desen gelecektim

"yıkılıyorum şarkılara/kimseler biliyor" cümlesinin hikayesi de şudur; Araz'la bir şarkımız vardı. O dönem çokça söylenen ve dinlenen bir şarkıydı. Yücel Arzen'in 'kimseler bilmez' adlı şarkısı.

Her ne kadar şarkının adı "kimseler bilmez" olsa da bu şarkının bizim şarkımız olduğunu bazı kimseler biliyordu. O yüzden şarkının adı orada "kimseler biliyor" olarak yansıtılarak, hem şarkının ismine gizli bir gönderme yapılmış, hem de şarkılara, özellikle de o şarkıya yıkıldığımı bilen kimseler olduğu ifade edilmiştir.

Artık her şey kımıltısız bir geceye dönüşüyor
Güz artığı saçlarımda oynaşan sensizlik
Göz karana yenik düşüyor en korkak yanlarımdan
Kendimi yitirdikçe sana gidiyorum
Göbek çukurumda sobelere karanlık uyutuyorum
Düş satıcısı, ispiyoncu bir ihtiyarın insafına kalıyorum

Buradaki "düş satıcısı ispiyoncu ihtiyar", para karşılığı fal bakan ihtiyar bir teyzedir. Araz, mütemadiyen o ihtiyara gider ve fal baktırırdı. İhtiyarın baktığı fallar genelde tutardı. Araz, kendisinden gizlediğim pek çok şeyi bu şekilde ortaya çıkarmıştır. O yüzden o ihtiyara "ispiyoncu" adını taktım. Bazen, onun insafına kalmış gibi hissediyordum kendimi.

Uysal yalnızlıklar satın alıyorum
Gülüşümle ödeyerek

Ve içimde yalancı bir katil taşıyorum
Yeni utançlar biriktiriyorum eski günahlarıma
Cüzzamlı ruhlar cehennemine gidiyorum ben
Kirli sözlerimi temize çekme
Oysa "gel" desen gelecektim

Gözlerim ihanete ihbar taşıyor
Kuşkulu bir cinayeti fısıldıyor kaşlarına
Sözü namluna sürmelisin şimdi
En yaralı yanımdan vurmalısın beni
Çünkü uçmak düşmeyi göze almaktır

Evet! Uçmak düşmeyi göze almaktır. Yaşadığımız ilişkide en iyi bildiğimiz şey oldu bu. Göze aldıklarımızla, göz ardı ettiklerimizin savaşı yaşanıyordu... ve kazanan göz ardı ettiklerimiz oldu. Oysa ki düşmeyi çoktan göze almıştık... ama uçmayı beceremedik.

Avlunda bıraktığım az kullanılmış intiharları deniyorum
Ne vakit nikotinli ellerinden yola çıksam
Susuşuna kan döküyor gözlerim
Sen gözüne çiğ kaçtı sanıyorsun
Oysa bilmelisin Araz'ım
Kimsenin içi görünmez
Ve hiç bulamadıklarını
Asla yitiremezsin
Bak şimdi aramızda sessiz kalıyor
Söylenecek bütün sözler

Onu, her akşam beklediğim bir park vardı. Yaz akşamlarında saatlerce yeşil çimenlerin üzerinde oturur, denizi izlerdik. Kışınsa, karlarla kaplı o parkta, tümseklerden yuvarlanır ve çılgınca eğlenirdik. Hiç unutmuyorum bir sonbahar akşamı, elimde bir karanfille (en sevdiği çiçekti) onu yine o parkta beklerken, "neden bu çiçeği hep ben uzatıyorum. Acaba ona ait olan bu çiçeği, sahibi kendisi bulabilecek mi" diye düşündüm.

O parkın girişinde yüksek teller vardır. Hani bilirsiniz; şu baklava dilimli olan tellerden. İşte o tellerin boy mesafesindeki herhangi bir yerine yerleştirdim karanfili. Yerleştirmeden önce de tüm yapraklarının iç kısımlarına, onun adını yazdım. O kadar küçük yazıyordu ki, yakından bile bakıldığında zor anlaşılıyordu. Derken Araz geldi ve el ele yürümeye başladık o yolda. Karanfili fark etmesi için içimden dualar ediyordum. Saatlerce uğraş vermiştim ve onu bulduğunda yaşayacağı sevinç benim için ömre bedel olacaktı.

Yavaş yavaş yürüyorduk. Tam çiçeğe birkaç adım kalmıştı ki fark etti ve şaşırarak "aaa tellerde karanfil var" dedi. İşte sahipsiz karanfili gerçek sahibi bulmuştu. Bende şaşırmış gibi yaptım. Her şey tam istediğim gibi oluyordu. Hemen aldı karanfili ve mutlu mutlu gülümsemeye başladı. Birkaç metre yürüdükten sonra karanfilin yaprakları dikkatini çekti ve onları aralayarak içinde ne yazdığına baktı.

Tam bir şok yaşıyordu. Hiçbir şey söylemedi. Sadece gözlerinden birkaç damla yaş süzüldü. Boğazı kilitlenmişti. O an söylenmesi gereken hiçbir şey çıkamadı ağzından. Böyle olacağını bildiğim için karanfilin gövdesini saran beyaz kağıda yukarıdaki paragrafta okuduğunuz son cümleyi yazmıştım. "Bak şimdi aramızda sessiz kalıyor Söylenecek bütün sözler"

Her sabah akşam oluyorsun
Alnından ellerine damlıyorsun
Yüzündeki yağmurla iniyorsun kente
İçine dert oluyorsun kentin
Dışına yağmur
Yüreğinde dağılıyor kristal şehirler
Duvarların kan öksürüyor
Ve sen
Başkalarının gözlerini
Yüzümde aramamayı öğreniyorsun
Beni bir durağa yaslıyorsun
Beni bir kente
Gidiyorsun
Oysa "gel" desen gelecektim

Beni artık, benden önce hayatına girenlerle kıyaslamıyordu. Benim verdiklerimle, onların veremediklerini karşılaştırmıyordu. Benim eksiklerimi, onların artanlarıyla tartmıyordu. Ne sesimi, ne gözlerimi, ne tavrımı, ne de karakterimin en küçük parçasını diğerleriyle karşılaştırıyordu. Çünkü o artık "başkalarının gözlerini yüzümde aramamayı" öğrenmişti.

Susmak en inatçısı olmaktır yalnızlığın
En susmakta neydi öyle
Sen en dinlerken
Biliyorum Araz'ım
İnsan kendini bulmamalı, hep aramalı
Gittiğin yerden başlıyorum öyleyse
Gece cinnetlerimi de alıp yanıma
Denize bakmayı bilmeyenler
Bir gün mutlaka boğulur
İşte bundandır gözlerinden kaçışlarım

Siz hiç yar saçının bir telinden kendinize gurbet yaptınız mı?

İşte tam da bu cümlenin altına yapıştırmıştım onun saç telini. Önce fark etmedi. Sonra oraya tesadüfen düşmüş bir saç teliymiş gibi almaya çalıştı. Yapışmış olduğunu görünce afalladı. "sakın kendi saçını oradan yolmaya çalışma" dedim ona. "çünkü ben o saç teliyle sessizliğin gurbetinde sensizlikle savaşıyorum"

Ben şimdi gurbetim
İçimde taşıyorum
Heba olsa da senlerce yılım
Oysa "gel" desen gelecektim

Ömrümden düşürdüğüm sol anahtarlarına takılıyorum hep
Ve hayat yüklü kamyonlar geçiyor üstümden
Şairler ölüdür derler (inanmıyorum)!
En karanlık ceketimi giyiyordum

Işığa kördüm çünkü
Şimdi ise güneşe ilerliyorum
Dirilmek için

Kimliği paslanıyor eski bir anarşistin
Gecenin kör gözünden utanıyorum
Hadi bana en militan kelimelerle saldır
Batır içime cümlelerini
Beyhude bir dehşet bırak bana
Hak ediyorum

Gizlilikten ölmek üzere olan bir akrep sızıyor içime
Can kaybından ölüyorum
Cenazemde namaz kılacağım
Zan altındayım
Yalanıma inanıyorum

Yorgun söylentiler kanıyor solgun yaralarımdan
Kırılır mı bilmem hüznümde taşıdığım kin
Kinim kendime
Susuşum sana
Küsüşüm tüm dünyaya
Üstü kalsın ihanetimin
"Gel" desen gelecektim
Yine bir tren geçiyor içimden
Sen kesiliyorum gülüşümün karşılığı
Saçların bir rüzgarın öykücüsünü taşıyor
Görmüyorum, söylemiyorsun, kırılıyorum
Hiçliğimin etleri yolunuyor şizofrenik bir gecede
Sana bir öykü çıkarıyorum ağzımdan
Süsle beni ey aşk!

Geçtiğin yerleri öpüyorum

Benim için aşk oydu. Ve aşkın geçtiği yerleri öpmek, sanki ona olan bağlılığımın bir ifadesi gibiydi. Belki gerçekten yerleri öpmedim ama onun bastığı yerlerin üstüne asla basmadım yürürken... izlerini hiç ezmedim ...

Yarısı yanık bir aşkın küllerini taşıyorum
Dişlerindeki nikotin tadı terkimde
Sirenler ve ateş hatları içip
Sesini peydahlıyorum kendimden ve kentimden
Islak ceplerimi buluyorum el yordamıyla
Ve bir asansör kapısı önünde
Aslında yüzüme tükürüyorsun da ihanetimi
Ben habersiz gülümsüyorum
Yasadışıyım
Tutukla beni gözlerimden

Bir asansöre bindirirken beni, bir cümle kurdu soluksuz. Ve acı acı gülümsedi. Ben de o gülüşe karşılık verdim. Şaka yapıyor sandım. Meğer o bir itirafmış. Çok önceden öğrendiği ve bana asla söylemediği bir gerçekmiş. O kadar iyi saklamış ki benden o gerçeği, onu öğrenmem yıllarımı almıştı.

Kalemim bitti, yitirdi şiirini şuur
Öldü kanımdaki mürekkep balığı
Solumdaki sise intihar etti intiharlar
Bir aşkı kaça katlayabilirdi ki ezik bir yürek
Yaşamak için geç bir zaman
Ölmek için ise erken

Çok davullu bir senfoni sürçüyor
Dikiş tutmaz ayrılığımda
Kirpiğinden yapılma bir darağacına
Geceyi asıyorum
Yoksun

Bu yağmurlar ıslatmıyor beni
Bir durağa yaslanıyorum sensiz
Gidişinin en sessiz harfinden yırtılıyorum
“Gel” desen gelecektim oysa

Kulaklarımdan bordo denizler dökülüyor
Şimdi herkes biraz sen, biraz acı
Göğsümde bir vagon
Gizli sözler batıyor
Fırtınalar çıkıyor üstüme

Şakağımda
İntihar acemisi bir şairin
Delilik provaları
Arkandan uluyan kapılardan
Söküyorum kokunu
Yokluğunu kokluyorum
Yokluğunu yokluyorum

Çöz gözlerimi senden hadi!
Ücranda yak bakışımı
Gözlerine bekçi sevdam
Dünden ve senden kalmayım

İçine her düşen
Kendi keşfi sanıyor seni
Oysa sen
Melekleri bile kıskandıracak kadar kendinsin
Ve kendini acıtmak istiyorsun
Ama güller kendine batamaz
Bilmiyor musun?
"Gel" mi diyorsun?

Onu hiç kimseye benzetmedim. Hiçbir zaman “o, şunun gibidir” demedim. Çünkü Araz, sadece kendisi gibiydi. Hiç kimseye benzemiyordu... ne yüzü, ne karakteri...

Sadece kendi gibiydi. Melekleri kıskandıracak kadar kendiydi. Ama o bunu hiç kabul etmedi. Hep kendisinde bir eksik aradı. Hep canını yakmak, kendisini eksiltmek istedi. Ama başaramadı. Çünkü hiçbir gülün dikeni kendine batmazdı. Onların dikenleri kendilerine uzanan ellere batardı sadece... ve bir gün bana da battı... ama uzanırken değil... benden giderken...

Herkes kendi gördüğüne bakar
Peki hayatın rüzgarında kime yelkeniz?
Kıpırdamadan duramayız bir aşk boyu
Hadi! en kanadığımız yerden susalım
"Gel" desen gelirdim
"Git" dedin ve gittin

Aşka...
Rüzgara...
Ayrılığa...
Zamana...
...

"eyvallah"

"DAHA AZ KANARIM
GELDİĞİN KADAR
GİDERSEN,
Kİ BİR GÜN GİDECEKSİN
BENDE KALDIĞINI
BİLMEDEN"

SENİ İÇİMDEN TERK EDİYORUM

Bir gün çok zengin olsam bile otobüse binmekten asla vazgeçmeyeceğim. Çünkü hayat orada...

"seni içimden terk ediyorum", bir otobüs şiiri. Terk eylemi, adından da belli olacağı gibi içten'di... eyleme geçememiş bir terkti.

Binmediğim hiç bir otobüs
Beklemediğim hiç bir durak kalmadı bu şehirde
Gittikçe azalıyor hayat
Neyi erken yaşadıysam
Hep ona geç kalıyorum

Hayat, işte böylesi acımasız olur bazen... neyi erken yaşasanız, neyde erken yol alsanız, bir gün geriye dönüp baktığınızda hep onlara geç kaldığınızı görürsünüz. Hayat hep sizden önce akıyordur. Ona yetiştiğinizi hissettiğiniz bir yerde duraklayıp soluklanmak istediğinizde, başınızı bir çeviriyorsunuz ki, sonsuz bir hızda akıp giden bir tren gibi seyrederken kaçırmışsınız onu...

Hayat azaldıkça, siz çoğalıyorsunuz. Oysa sizi çoğaltan şey hayatın sizden eksilttikleri oluyor. Ve hep geç kalıyorsunuz hayata... Charles Bukowski'nin dediği gibi "her dakikanın son saniyesinde yaşamak"tır hayata geç kalmak. Bazen de doğruyu geç bulmaktandır bu kayıplar. Peki doğrular neden geç bulunur? Çünkü o doğruları bulana kadar, erken bastırmış yanlışlar çıkar hep yolumuza. Doğrular da o yüzden geç bulunmuştur zaten. Keşke doğrular yanlışlardan önce gelmiş olsaydı... aslına bakarsanız neyi erken yaşıyorsak hep ona geç kalmak, hayattaki yerimizin hep yanlış yer olduğunu düşündüğümüzdendir. Hayat sinemasındaki biletçinin feneri, oturmak istemediğimiz koltuğu gösteriyordur hep...

İçinde oturduğunuz bir otobüse her seferinde geç kalmak gibidir hayata geç kalmak.

Ben hayatı ve insanları en çok otobüslerde sorgularım. Seyrettiğim başkaları, bana beni öğretir. Otobüsteki insanlar, inecekleri durağa gelene kadar maskesizdir. Sonra o kapı açılır ve hayata inilir. Yüzlerine çarpan hayatı orada maskeyle karşılarlar. Ama otobüsün içindeyken saf ve masumdur insanoğlu. Ve ben en güzel hayallerimi ve en radikal kararlarımı hep otobüslerde vermişimdir.

Sana göçüyorum her sonbahar
Yolların çıkmıyor aşkıma
Unuttuğun yağmurların adı saklımda
Seni içimden terk ediyorum

Susmaktan yoruldum
Kuşlar ve şarkılar, bu şehri terk edeli beri
Efkar demliyorum gözlerimde
yaşlarımı,
yanağıma varmadan öldürüyorum
Tam sancağımdan yaralıyorum kendimi
Alnını yüreğime dayadığın güne bakıp
Seni içimden terk ediyorum

Dedim ya, içimden terk ediyorum işte. İçimde kalıyor özgürlüğün uçurtması. Dışımda hala kelepçeler. O otobüste karar vermiştim; terk etmeye cesaret edemediğimi, içimden terk etmeye...

Kalamamak desem, adını değiştirsem... yine olmayacak biliyorum... belki de korkum, giderken onda kalacak olan yanımın eksikliğini başkalarıyla dolduramayacak olmamdır... belki de sadece onun yanındayken ortaya çıkan o çok sevdiğim kahramanı, onda bırakmaya olan cesaretsizliğimdir sadece içimden terk edebilmelerim.

Ne unutacak kadar nefret ettin
Ne hatırlayacak kadar sevdin
Yıkık bir duvar kadar bile
Pişman değilsin biliyorum
Beni hep bulmamak için aradın
Yanılgımdın,
Yandığımdın,
Yangındın

Ne kadar acıdır bilir misiniz "ara duygularda" yaşanmak. Günler geçmiştir. İçinizden terk ettiğiniz kişi, sizden daha acımasız davranarak sizi gerçekten terk etmiştir. Ve siz çok sonra anlamışsınızdır; ne unutulacak kadar nefret edilen, ne hatırlanacak kadar sevilen biri olduğunuzu. Hep ara duygularda sevilmişsiniz meğer. Ne çok önemli ne de çok önemsizsiniz. Ne varlığınız bir fazlalık, ne yokluğunuz bir eksiklik. Özdemir Asaf'ın dediği gibi "herkes herkesi seviyor/herkes de başka türlü seviyor" işte ben de böyle sevilmişim. Ara duygularla... ve terk edilmişim. Ne pişmanlık duyulmuşum, ne küfür edilmişim. Hep sevilme numaralarında, bulunmamak üzere aranmışım. Nefret bile edilmemişim. Oysa biraz nefret edilsem, "nefrette bir duygudur ve sevmekten gelir" diye avutacağım kendimi. Halbuki yanılgımmış, geç anlamışım. Yangınımmış, hala seviyorum. Yangınmış, beni de içine almış...

Sensizliğe yenilmek
Sana yenilmekten zor olsa da
Ardımda bir sürü "belki"ler bırakarak
Seni içimden terk ediyorum

İşte en zor olan da bu ya... sana yenilmek değil benim derdim...

sensizliğe yenilmek... sana yenilmiş olsam, resmine bir çizik atacak gücü dahi bulamazdım kendimde. Kaldı ki ben o resmi o kadar çok çizdim ki... ama sensizlik de bir boşluk, yokluk var. Neye çizik atacağım ki? O yüzden zor geliyor, zoruma gidiyor sensizliğe yenilmek... boşluğundan yiyiyorum tüm dayaklarımı...

Ve ardımda bir sürü "belki"ler bıraktığımı sanarak, hala seni içimden terk ediyorum...

Şimdi
İçimizde öldürülecek bir anı bile bulamayan
İki yarım kaldık
Tamamlayamadık bizi
Elinden tutmadın yalnızlığımın
Saçlarımı da uzaklarına gömdün

İçimin mavisi senin okyanusundandı
Al! geri veriyorum
Kilitleri hep yanlış kapılara vurdun
Devrilmiş vagonlara dönerken gözlerim
Sana bensizliği terk ediyorum

"Yarime uzanmayan bütün dallarım kırılsın" demiştin
Aşk içinde doğmuşsa nereye kaçabilirdi?

Ne tuhaf değil mi?
İçimi acıtan da sendin
Acımı dindirecek olan da

Eğer terk edilmemişseniz, içinizi acıtan kişinin aynı zamanda acınızı dindirecek kişi olması belki bir işe yarayabilir. Fakat benim başıma gelen gibi yaranızın hem sebebi hem merhemi olan kişi hayatınızdan çıkıp gitmişse vay halinize... ne o, ne de başkası... Kimse aldırmaz aldırmalarınıza. Size ömrünüzün kalan yarısında yaptığınız yanlışlara yanmak kalır. Diğer yarısı da zaten yanlış yapmakla doludur... hadi bitsin artık bu şiir de...

"Ya öldür beni"dedim
Ya da git benden
İçi bulanık bir sevdanın ucunda
Seni kaybettim

Aldırmadın aldırmalarıma
Bir gecede yakıp yarini
Şafaklara sattın ihanetini
Külüme basanlar bile utandı yaptığından

İşte soluk bir ömrün son nefesi
Benden
İçimden
Terk ediyorum

"yalnızlık düğümlenip sen çözülmek ne garip şey"

"Bir kadın hassasiyetiyle sevince bir erkek, muhakkak terk ediliyor. Bir kadını, bir kadın derinliği ile sevmeyeceksiniz. O zaman kadınlar eksik olduklarını sanıyor ve korkuyorlar. Tek çözümün ayrılmak olduğunu düşünüyorlar. Kaçmak bu aslında. Aslından kaçmak hem de"

GİT

Kolay değildir giden birinin ardından suskulara ram olmak. İçinde işgaller ve savaşlar olurken, sükuneti korumaya çalışmak... kolay değildir uğruna her şeyinizi verdiğiniz insana artık bir yabancıymış gibi bakmak.

Ocak 1997. İstanbul kar altında. Birilikte olmaktan en fazla hoşlandığımız yerdeyiz. Sinema...

Hüzünlü bir aşk filmi izliyoruz. Omzumda ağlıyor. Saçlarını okşarken, belli etmemeye çalışarak göz yaşlarımı sildim. Film bitti. Işıklar yandı. Ağlamaktan şişmiş gözlerimize baktık. Salonun boşalmasını bekleyerek en son biz çıktık. Pamukçuk kuşları gökten düşmeye devam ediyordu. Süreyya sinemasının önünden Kadıköy rıhtımına kadar yürüdük. Hala ağlıyordu. Bu kadar çok ağlamasının nedenini anlayamamıştım o dakikaya kadar. Onu otobüsüne bindirmeden önce sordum:

- Haftaya hangi filme gidelim aşkım?

- Bilmem

- Titanik geliyormuş. Ona gidelim mi?

- Sen gidersin. Ben gelmeyeceğim

- İşin mi var?

- Ben artık hiç gelmeyeceğim

- Nasıl yani?

- Bu seninle izlediğimiz son filmdi. Artık bitti. Olmuyor. Yapamıyorum! Elveda.

Dedi ve gitti. Ölüm yüklü bir elvedayı, tabut gibi bırakmıştı ayaklarımın dibine. Ardına bile bakmadan gitmişti. Öylece kalakaldım Kadıköy Meydanında... boynum bükük... yavaş adımlarla yürüdüm rıhtım boyu. Ensemden içeri giren karları hissetmiyordum bile. Şaşkına dönmüştüm. "neden" diye sordum kendi kendime... ondan hiçbir beklentim yoktu oysaki; sevmek ve sevilmekten başka. Gitmişti işte. Hiç gelmemiş gibi... olmayan her şeyimi çaldılar sanki...

Eve vardığımda hala kafamdaki "neden" sorusuna yanıt bulamamıştım. O hafta hiç evden çıkmadım. Şiir de yazmadım. Boş boş televizyon izledim. Hüzünlü şarkılar dinlemekten kaçındım. Kimseyle görüşmedim. Kimseyi aramadım. Ve hiç ağlamadım. İçime kapanmıştım.

Bir hafta sonra ilk kez çıktım sokağa. Otobüse binmek üzere durağa geldiğimde, bilet almak için montumun cebinde bozuk para ararken elime bir kağıt parçası geldi. Çıkarıp ne olduğuna baktığımda, onunla en son gittiğimiz filmin biletleri olduğunu gördüm. Kalbime ince bir sızı saplandı... Ve ayrıldığımız günden bu yana ilk defa hüngür hüngür ağladım sokak ortasında. Avucumda sımsıkı tuttuğum o biletle, annesini yitirmiş çocuklar gibi hıçkıra hıçkıra ağlıyordum. Nedenini kimse bilmiyordu. Garip garip bakıyorlardı yüzüme.

İçimi daha çok kanatmak için, onunla gitmek istediğim filmin oynadığı sinemaya gittim. Titaniği tek başıma izledim. Çok ağladım. Sinemadan çıkıp oturduğu evin sokağında beklemeye başladım. Göremedim. Günlerce, gecelerce geçtim o sokaktan. Yoktu. Sadece bir dakika görsem yetecekti. O kadar çok ihtiyacım vardı ki buna... ama olmadı...

Aradan geçen dört yıl, her şeyi küllendirmişti. İnsanların içindeyken unutmuş gibi yaptım. Yalnız kaldığımda aklıma gelmediğine kendimi inandırdım (kendimi aldattım). O son ayrılık sahnesini kendimden bile gizledim, ötelere attım. Yarım kalmışlığıma, eksilmişliğime asla "keşke"ler eklemedim...

Onu kalbime gömmeyi öğretmişti bana o dört yıl. Bir gün, kalabalık bir otobüste rastladım ona. En arkadaydım. O da inmek için arka kapıya gelenlerin arasındaydı. Önce fark etmedim. Tam ineceği sırada göz göze geldik. İkimizde şaşırdık. O kısacık anda ne yapacağımızı bilemedik. Tek bir söz çıkamadı ağzımdan. Öylece açık kaldı. İlk önce o çekti bakışlarını gözümden. Açılan kapıdan inerek kalabalıklarda kayboldu. Bir an peşinden gitmek istedim. Ama geç kalmıştım. Otomatik kapı, içerde binlerce anıyı bırakarak kapanmıştı. Kalbime yine o ince sızı saplandı. Ama bu kez ağlamadım. Eve geldim ve en sevdiğim kitabın arasında sakladığım sinema biletlerini çıkartıp dört yıl sonra hüzünlü gözlerle yine o bilete baktım. Sonra elime kalemi aldım ve dört yıldır ona içimden seslendiğim gibi yazdım. "git" şiirinin son kıtasıydı bu dizeler.

Şimdi gidiyorsun
Git
Oysa senden tek bir damla istemiştim
Sana kocaman bir deniz sunmak için
Şimdi gidiyorsun
Git

Evet! Oysa siz ondan çok değil, sadece bir tek damla istemişsinizdir; önüne okyanusları serebilmek için. Sadece bir "evet" yetecektir sizi onun yapmaya... sadece bir "ben de seni seviyorum" kafidir mutlu bir aşka yelken açmaya. Ve siz koşmaya hazır adımlarla beklerken, istediğiniz tek şey karşı tarafın bir karınca adımı atmasıdır. O adımı bir atsa, siz koşa koşa gideceksinizdir kollarına. Ama gelmez o adım. Gelmeden geri geri gider...

Oysa gitmek için önce varmak gerekirdi. Gitmenin hakkı o zaman daha iyi verilmez miydi?

Ne zaman başladı bu hikaye
Anımsamak zor
Gençtim
Hazırda fırtınalarım vardı dört nala sevdalarım
Komazdı öyle üç-beş nöbetleri
Geceler içimi acıtmazdı böyle

Bir insan bu kadar eksilebilir mi

Hatırlarsan sesine uyku kaçmış bir adam vardı
Bu şehrin bir yerlerinde
Düşler ormanının gece bekçisi derdin sen ona
Gözlerinde gizledi o seni sen bilmedin
O adam bendim unuttun mu
Bak sevdiğin adam gülmeyi bile unuttu
Seni unutamadı

Sarf edilmiş bütün hoşça kal'ların toplamından daha acıdır elveda demek. Son sözü elveda olan biri, arkasında bırakacağı düşler ormanının gece bekçilerini hiç düşünür mü acaba? Cevabı olmayan bir kelimedir elveda. O yüzden insan sadece ölürken elveda demeli. Yoksa ardında daha çok ölü bırakıyor. Nice insanlar böyle eksiliyor işte.

İşin kolayına kaçmadım
Uğruna ölmedim yani
Uğruna ölünecek sandığım biri için yaşadım hep
Sen bunu da bilmedin
Ben bir bakışına bin anlam yükledim
Sen aşka kestirmeden gittin
Bir hayatın özetini bırakıp avuçlarıma
Şimdi gidiyorsun
Git
Bana karanlığın ne demek olduğunu öğretmeden
Bütün ışıklarımı söndürüyorsun

İşin kolayına kaçmaktır birinin uğruna ölmek. Seviyorsan, onun için yaşamalısın. Uğruna kavgalara girmelisin. Ölümlere gidip gelmelisin. Yeter ki karşında uğruna ölünmeye değecek kadar büyük seveceğin biri olsun. Sen onun uğruna onsuz da yaşamayı göze alırsın. Ölmekten çok daha zordur bu inan. Karşındaki buna değmeli. Buna değmeyenlerdir aslında aşka kestirmeden gidenler. Aşkın kestirmesi olurmuş gibi sanki... ve onlar hep kestirmeden geldikleri gibi kestirmeden giderler... bir aşkı değil, bir aşkın özetini bırakırlar avucuna... ve sana hiç öğretmeden karanlığı, karanlıkla mücadele etmeyi; karanlıklar içinde bırakırlar seni.

Bu cehennem cinayetlerini işliyorsun
Sonra bunlara intihar süsü veriyorsun
Yazıklar olsun yazıklar olsun
Susuyorsun susuyorum susacaklarım bitmiyor
Hani sen sevdiğini
Yarı yolda bırakacak kadar yüreksiz değildin
Hani sen bana kalkmayı değil
Düşmemeyi öğretecektin
Nerdesin nerdesin

Sonra arkalarında bıraktıkları cesetlere intihar süsü verirler. Sanki ölmek senin suçunmuş gibi. Sanki her şeyin suçlusu sen olduğundan dayanamayıp, intihar etmişsin gibi. Yıkıp giderler işte her şeyi senin üstüne. Yakıp giderler işte her şeyi senin üstünde.

Birikir susacaklarınız. Konuşmaya kalmayan takatleriniz. Bitmez susacaklarınız. Sessizliğin dilini öğrenir, sessizce susarsınız içinizde. Halinize acıyanlar size hayata yeniden sarılmayı öğretmeye çalışır. Düşerken neredeydiniz dersiniz onlara... bana balık vermeyin dersiniz... balık tutmayı öğretin....

Giden size kalkmayı öğretmiştir. Ama hep kendi yardımıyla. Kendinizi güçlü sanırsınız. Hatta yorulursunuz böyle sanmaktan. Çünkü yanınızda hep o vardır. Ve nasılsa her düştüğünüzde sizi kaldıracaktır. Onsuz kalkmayı bilmediğinizi, o gittiğinde düşünce anlarsınız. İşte size en büyük kötülüğü yapmıştır giden. Kalkmayı öğretmiştir ama düşmemeyi bilmiyorsunuzdur. Hele ki düşüren, kalkmayı öğreten kişiyse...

Uzun lafın kısası yoktur
Anlatacağım çok şey var
Hoyrat bir rüzgar gibi geldin
Aklımı hayatımı dağıttın
Şimdi gidiyorsun
Git

Daha ayrılığa bile çarpmadan
Aşk bizden döndü
Bir yılan gibi soktun koynuma kimsesiz geceleri

Artık ölüm sana dokunamamaktan kötü değil
Ama sana dokunmak da yasak bana
Göz çukurlarımdaki karanlık bunu anlatır
Sen var ya sen
Allah kahretsin

Evet, olmaz uzun lafın kısası. Öyle çoktur ki anlatacaklarınız. Uzun susanlar, uzun konuşur çünkü... söylenmemiş sözleri yutarak gülümsemişsinizdir eşe dosta... "susmalarım en uzun konuşmalarımdır" dersiniz... suskularınızı, onların okumasını, anlamasını beklersiniz. Sonra anlattığınız da bile anlamayanları görür, saçma bulursunuz bu isteğinizi. Elazar Benyoetz'in sözleri gelir aklınıza "konuşurken hiçbir şey söylemeyebilirsiniz, fakat susarken değil"

Susmaya devam edersiniz. Kısası olmayan uzun uzun laflarınız vardır heybenizde bekleyen. Yakanızda ise sükutun altını... ne konuşmak isteseniz, ağzınızdan koca bir sessizlik çıkacaktır... ve nereye gitmek isteseniz, sizi selamlayan bir "dur" işareti olacaktır. Anlatılacak her şeyi susarak ifade etmeyi öğrenirsiniz. Murathan Mungan'ın dediği gibi "susarsın bir silahsızlanma akşamı/susarsın dudaklarında ıslıklar kanar"

Dopdolu bir boşluğun içinde sıkışıp kalırsınız. Hem neşter olursunuz kendinize, hem pansuman. İngiliz yazar Gilbert Keith Chesterton, şöyle der; "susmak dayanılması çok güç bir yanıttır." Evet siz bu yanıtı verirken (susarken), o yanıtı anlamayanlara boş bir sessizlik gibi gelir. Anlayanlara ise kocaman bir cevap... ve sessizliğiniz terbiye eder ötekileri...

Artık ne zaman konuşacağınızı da öğretmiştir size bu ayrılık. Fakat şunu da bilmek gerekir; susulacak zamanlarda konuşmak, ehil olmayan ellerdeki tabanca gibidir. Kişi, bir gün kendini de vurabilir.

Sonra o sinema biletinin arkasını çevirir, dört yıl önce yazdığınız dizelere bakarsınız. O ince sızı yeniden yerleşir kalbinize...

Yani şimdi
Gözleri sana benzeyen bir kızım olmayacak mı
Yani şimdi başkaları mı sevecek seni
Ben saçlarını okşadığım zaman
Ellerin öksüz kalırdı
Şimdi gidiyorsun git

en fazla içimde ölürsün

Bir insanın bir insana yapabileceği en büyük kötülük, onu dünyasından silmek olsa gerek. Yapamadım ben. Hiç kimseyi silemedim, unutamadım. Birileri içimi zehirlemeye başladıysa ve ben onu içimden söküp atamıyorsam; içimde öldürürüm. Evet! İçimde öldürdüklerimin cesetlerini sürükledim gittiğim her yere. İçimizde taşıdığımız ölülerimiz vardır. Onları unutamadığımızdan, içimizden söküp atamadığımızdan, içimizde öldürürüz hep. Nereye gidersek gidelim hep yanımızdadır onlar. Bazen bir yağmur, bazen uykusuzluk, bazen de bir iç dökümü olurlar. Tekrarlanmayacak kadar bir kerelik olsalar da "Aynı suda ikinci kez yıkanmak imkânsız değil, boğulmakmış" der, yine tekrarlarız içimizdeki öldürmeleri.

en fazla içimde ölürsün
cesedini sürüklerim gittiğim her yere
kızıl sonbaharım
hangi aşk kendi fırtınasına dayanabildi

Kendi fırtınasına dayanabilen aşklar, güçsüz aşklardır. Oysaki hiçbir şey yazılmamalıydı biten bir aşkın ardından. "Ve hiçbir şey yazmadım ardından. Ve hiçbir şey yazılmadı ardımdan. Olduk ve bittik. Kanıtsız! Geçtik ve gittik. İzsiz! Sular içtik üstümüze. Güç bulduk bedenimize. Dayandık ve kazandık. Ödülsüz!"

ellerimde çoğul bir gölge kuşu
adının arkasına basmadan yürüdüm
alnımda birikti çizikler
adımdan çıkardım aklımı

aklımsız kaldım
neylersin
insanız
ne yapsak eksiğiz işte
ölüme ayarlı saatiz

Ölüme kurulu saatlerin daralttığı hayatlarda, uzun ve geniş ovalar hayaliyle yaşayabiliriz ancak. Ölümün en yakışıklısını bile yakıştıramayız kendimize. Hayatta tek kere vardır o. Sadece bir kere görünecek ve giderken bizi de yanında götürecek. Ölürken yüksek derecede endorfin salgılayacak vücudumuz. Ağrısız ve acısız gideceğiz ölüme. Son nefesimizi verebileceğiz ama bir daha alabileceğimiz bir son nefes olmayacak. "ölüm hayatın sonu değil sonucudur" demiş birileri. Yani yaşamanın bedelidir ölmek. Ölüm işte; ürktükçe daha çabuk gelen... Seneca demiyor mu bize "ölüm bazen bir ceza, bazen bir armağan, bazen de bir iyilik olur." diye... nasıl algılarsak öyle gideriz işte. Ölüm bu; bekliyorken, bekliyorken, bekliyorken... ansızın gidilen. Daha az üzülmek için, Çiçero'nun dediği gibi mi düşünmek gerekir? "ölüm bizi iyiliklerden değil kötülüklerden ayırır" buna sadece şunu eklemek isterim, "en iyi ölüm berbat bir yaşamın kıyısında bekler."... Demiştim ya hani, "Benden sonraya bırakılacak her iyinin karşısında, her kötünün kötülüğündeyim. Sen gidersin, senden önceki hayat ölür; senden sonraki hayatta ölümcül hatırlanma... Sen kalırsın, kaldığınla kalamadan..."

en fazla içimde ölürsün
sorarım
şiir papirüslerinin hangi köşesine karaladın beni
hangi hare'mden yakaladın da
çiğnemeden yuttun gözlerimi
kekeme repliklerin ezber bozduran kuşu
hangi rüzgârlara sattın da saçlarını
devrik cümlelerimin öznesi oldun

içindeki kötü senaryoların kahramanı olmak istemezdim
dağıldı bak derlenip toplanmış dağılmalarım
İçimizin kötü senaryolarında yenilmiş bir kahramanı oynamak

yoktur. Ama bazen yenilir kahramanlar. Yeniklik ve yitiklik başa baş gider hep... her yenilgi yeni bir yitiklik, her yitiklik yeni bir yenilgidir. Varlığını koruyorsundur ama varlığını tamamlayacak her şeyden yoksunsundur. Bir "kayıp" olsan göze görünmezsin, ama yitiksin işte... ayaktasın... varsın... duruyorsun... fakat eksiksin ne yapsan... ancak içine düşerek tanımlanabilecek bir boşluktur yitiklik.

en fazla içimde ölürsün
nasılsa yokluk rehin bırakılıyor kalana
kalan gidene denk neyi varsa susuyor
ve susmak inceltiyor her yarayı
ve susmak bakmak oluyor
gitmediğin her yere

kim tutuklanmış yalnızlıktan
gizin içine gizlenen kim
söyle beni nerene sakladın
ki şimdi bu kadar sokaktayım

Gizin içine yalnızca yalnızlık gizlenir. Egemen Berköz soruyor, "tohum bir giz midir?" ve yine kendisi veriyor cevabı; "hayır, bir tohumdur giz." Gizin içine gizlenen bir yalnızlıksa ve giz bir tohumsa ve suskunluklarla sulanmışsa; yalnızlık büyür de geçer seni, nerene saklayacağını bulamazsın. Kalakalırsın sokakta. Belki Ahmet Telli yine yetişir sana; "bu dilsiz dağ ve taş/nerde saklar kuşları/hangi gizle sarmaş dolaş/anlamak zor susuşları..." Yan yana yaşayıp da fark etmediğindir giz. Oysa giz kendini saklamaz. İçindekini saklar. O giz ki bataklığın çamur rahatlığında yaşar bazen, haberimiz olmaz... olsaydı belki biz de batmak isterdik o çamura; "cepten hüzünler yiyorum uzun süredir. Ağlamaklı bir iç borca bile girdim. Karşılığında, devrik cümlelerime el konuldu, içten konuşmalarım dinlemeye alındı ve kelimelerimin şifresi çözüldü. Önemsemiyorum... pervasızım sorumluluklara, sorunlara, sorulara... Kesin sonuç: Bataklığın çamur rahatlığındayım ve iyiyim!"

en fazla içimde ölürsün
karla karışık yağarsın yara bereme
karma karışık kalırsın cinnet şeridinde
kaldırımların kaldıramadığı her neyse işte
bulamadığın her ne varsa büyük yıkımların izinde
sana borcum olsun
hiç yazılmayacak bir şiirin içinde

en fazla içimde ölürsün
yanağında yanar avucum
avucumda imlası bozuk bir şiir kalır
gözlerinin namlusu döner yakar kirpiklerimi
kulağımda bir tepenin rüzgârı uğuldar
gırtlağıma kadar aşka batarım
yeteri yok
eksiği fazla

Eksiği fazla olan her aşk, yeterinden yoksun gelmiştir kapımıza. Hani sorulsa nasılsın diye; "eksiğim" diyecek kadar hüzünlüdür. Aslında hiç sahip olamadığımızın adı değildir eksiklik; bizden çalınıp götürülenlerin, bizde bıraktığı duruştur. Bu eksiklikle, gittiği her yeri eksiltir aşk. "yangındı buzul sesinin tenimde yaktığı. Yerle gök arasında yaşanmamış ne varsa, senden bana kaldı. Kelimelerden ve seslerden ibaret bir hayat... Senden bana bu kaldı. Neyi geç yaşadığımı sandıysam anladım ki vaktiymiş çekip gitmenin... vakitliymiş gidişin. Eksik olan, hep yerimizde kalmamız. Fazla gelen, geri dönüşlerimiz."

neyin kaldı eksilenlerden arta
içeri doğru kapanan bir kapıydın
saçlarından geçtim önce
ve kendimden öylece
neyim yoksa var bildim
eğildim
eksildim

eridim
bir seni bitirmedim

Bir türlü bitmeyen bitirişler vardır. Ne zaman sona yaklaştığını hissetsen, bir dönüp bakarsın ki yine başa dönmüşsün. En çok seni bitirir bu bitiremeyiş. Sonra vazgeçersiniz başlangıçlara yeter gelen heveslerinizden. Sonlara çağırırsınız gelmeyeni, getiremediğinizi, bitiremediğinizi... dilinize gel'ler oturur, dilinizde gel'ler biter. "senden gitmek zorunda değildim. Sen gönderdin kelimelerinle. Bu yüzden ardına kadar açık kapılarım. Geleceğini biliyorum çıkıp odanın derinliğinden; yüzünde yüzlerce sitemle... içerime girer misin yoksa kapı önü nöbetine mi yatırırsın bedenini bilemem ama 'gel' bitti dilimde. Şimdi konuşuyorsam biraz da bundan!"

hangi rüzgarlara sattın da saçlarını
uğultusuna tutunamadın

ömürden nefes çalarak ne kadar yaşarsa insan
öyle yaşadım gözlerini
tenimde itiş kakış
cebimde depremlerin
esrarlı gece ayinleri
volkanik şiirler
usul usul giymedim mi sözlerini
yalnızlığın tiradını kapamadım mı her sefer
sensizlik seni anlattı en çok
vazgeçmeler vazgeçmekten vazgeçti
söyle saçlarında öldüğüm
bir geri gidiş kaç günde gelirdi

Gidişlerin emzirdiği geri dönüşleri beklemeler vardır umutsuz, yorgun, inançsız... kapı eşiklerine yatırılan kaygılı gözlerle... "kapılar vardır kapanan... içten dışa, dıştan içe... içimizden dışımızdakilere kapattıklarımız ve dışımızdakilerin içe doğru, yani bize kapattıkları. Ve bazen bir kapı aralığında unutuluyor adına aşk denebilecek bütün bakışmalar." Yüzümüze tokat gibi kapanan kapıların gaddarlığından pay edilmiş terk edilişler çöreklenir döşünüze... Günlere yatırılsa kaç günde geri geleceğini bilmediğimiz gidişler peydahlanır. Piç gibi kalakaldığımız... "ne içimden terk edebiliyorum seni ne de terk ettirebiliyorum sana içimi"

en fazla içimde ölürsün
cesedini sürüklerim gittiğim her yere
tenimin yırtıldığı yerden mi girdin içeri
açar gibi yaparak açık bir kapıyı
beni ikiye böldün
hadi içimi kendine aldın da
beni nerde bıraktın
hangisini seçerdin benim için
ve hangisinden vazgeçerdin kendin için

"çelişkisiz yaşadın sen. O yüzden anlayamazsın beni. İçinde hiç 'kal'ı olan bir 'git'in olmadı mesela..." vazgeçmenin fırtınası zorlarken yürekleri, içinizde kanserlenmiş bir organınızı kaybediyorsunuzdur. Eksilerek iyileşeceksinizdir artık. İçinizdeki yarayı, bir parçanızla beraber atacaksınızdır. "her şey güzel olacak"lı telkinlerle devam edeceksiniz bir süre. Adresini yitireceksiniz benliğinizin. "bildiğim tek adres, adressizliğimdir benim. Sen hiç bu kadar cesaretli olmadın unutma. Ben yola çıktığımda, geriye dönerken nelere ihtiyacım olacağını hesaplamam." Alışmanın ters yüz edilmiş şeklidir vazgeçmek. Tamir etmek için derleyip topladığınız her şeyde, bir parça eksik kalacaktır hep. Kendi isteğinle, kaybedilecek bir mücadeleden, yolun tam ortasında caymaktır vazgeçmek. İncinmesin diye gururun, incitmemek için gururu... hayatına eklediğin boşluklara bir yenisini daha eklemek ve bundan hiç haz etmesen de sessizce o boşlukta asılı kalmaktır vazgeçmek. Onca savaştan sonra koca bir hiçle baş başa kalmak... zamanı geldiği için vazgeçmeyi bilerek, şikayet etmemektir. Vazgeçmek sadece elinizdekileri almakla kalmaz; daha sonra gelecekleri bile götürür. Yaranıza sadece vazgeçtiğiniz iyi gelecektir artık. Ama o da yoktur...

ben yarama çoktan sen bastım
yaşım kadar gencim
adın çabuk diye geçti

ardında aç köpekleri bırakarak
ezberimden geçtim
hızla biten aşk şarkılarından geçtim
senden bir şey eksiltmeden
sana çok şey bırakmaktı aşk
bildim

biz dalkavuk bir aydınlığın yerine
onurlu bir karanlığı seçtik
ve bir öyküden ağlarcasına geçtik
cesurduk çünkü
kendimizi kendi düşlerimizden kovacak kadar

Kendini kendi düşünden kovmak, çok eşli bir yalnızlığı gülümseyerek karşılamak ve o yalnızlıkta ölüm orucuna yatmaktır. "Seni çoğaltan kalabalıkların daha da yalnızlaştırdığı ve çoğulluğundan tekilliğini unuttuğun ve yaşayamadığın yalnızlığını sahiplenmek, kendi yalnızlığımla daha da kalabalıklaştırmaktır yalnızlık! Yalnızlık, ilerisine asla bakamayacağın bir pencere gerisinde; yağan karı, inen geceyi ve yükselen dağları izlerken, senin, yanımda olduğunu hissetmektir. Hayalini yanımda taşımak, yanında varlığımı unutmaktır. Küçük bir ben içinde, koca bir sensizliği yaşamaktır yalnızlık! Yaşamak ve şikâyet etmemek... Yalnızlık; seni, herkesini ve her şeyini kabullenmek ama bunu sana anlatma yeteneğinden yoksun olmaktır. Anlatamamanın yanında durmadan konuşmak ve tüm susmaları sana kaptırmak, sonunda sessizliğine mahkûm olmaktır. Suskunluğunun her bir harfini yorumlamak ve haricinde duyduğum sesleri inkâr etmektir yalnızlık! Her şarkıda artan sızımı dindirmek yerine " sevdiğim, türkünü sustur da git! " diyerek haykırmaktır. Yalnızlık, acı ezgilere sırt dönüp, sadece senin sesinin nemini dinlemektir; ezgilerden daha acı sesinin ta kendisidir yalnızlık! Şimdiyi yok saymak, yarını ertelemek ve fotoğrafların sınırlı karelerinde, sen'li dünleri yaşamak da, yalnızca, yalnızken yapılacak akıl karı bir deliliktir ve delilik, yalnızlığın en yalın tanımıdır! Yalnızlık, yârin kentinde kendini öksüz hissetmektir. Cadde boyu ışıklarla büyüyen bir kimsesizliği, hiçbir gülüşe sığdıramamak, uluorta ağlamak ve kendine konuşmaktır. Suretinin düştüğü her yüze sen diye bakmak, suretinin aslına korkusuzca bakmak, aynalardaki suretime bakamamaktır yalnızlık! Çok vagonlu bir trende, her istasyonda yeniden başlayan çok seferli bir yolculuktur yalnızlık! Yalnızlık, sana gelirken yolları günlerin ardında bitirmek; senden giderken, yollarda "ömrümü" bitirmektir... Yalnızlık, söylediğin her sözü aklımda tutmak, seni hiç unutmamışken, her defasında yeniden yeniden hatırlamak, geceleri terk edip, sabahları kapına sığınmak ve gittiğini bile bile "inançsızca" dönmeni beklemektir..."

ömrüne yüz çevirmiş iki masalcıyız
gerisi hiçlik
gerisi yokluk

sensizliğin anlattığı ne vardı senden başka
bir hayatın tüm yanılgılarını
saçlarında çözdüm
şimdi beni hangi yanımdan susacaksın
sessizlikte bir dildir
çoğul susulur
pusulur
şimdi beni hangi yanımdan kusacaksın

Hayatın yanılgıları, insan yüzünden vardır ve sadece insanda çözülür. Her yanılgı beraberinde yenilgiyi getirmez. Yanılgıdan erken dönmek, tedaviye de erken başlamak olur bazen. Yanılgıyı gören, fark edebilen gözlere ihtiyaç vardır. Kör bakan gözlerin işi değildir bu... Reha Yünlüel, "yanlışına inanmaktır" diye yorumlar yanılgıyı. Bazen içine düşmek için can attığımız bir kuyu olur.

Vazgeçmenin mümkünsüzlüğünde "yanılmayı en iyi ben bilirim" bilgeliği ile dolaşır durursun.

Sanmaktan sonra, kanmaktan önce gelir.

İnsan kendinde yanılmaz, sadece kendini yanıltır.

Ve yanılgı yanıldıkça düzeltilebilecek bir şeydir.

Her şeyi başka görmek kadar, başkayı da her şey olarak görmek de bir yanılgıdır.

"yanılgı insanlar içindir; ancak silginiz kaleminizden önce bitiyorsa, fazlaca yanlış yapıyorsunuz demektir. Elmas yontulmadan, insan da yanılmadan mükemmelleşemez.

(j. Jenkins)

yıkık şehrimin izbesi
en fazla içimde ölürsün
en çok
gözlerime gömülürsün.
gözlerimi kaparım
vasiyetimi yazarım

"BEN BİR TEK SAVAŞARAK YENİLMESİNİ BİLİRİM"

"Giden kaybediyorsa
Kaybettiği için giden ne oluyor
Şimdi sor kendine
Gittiğim için mi kaybettim
Kaybettiğim için mi gittim"

"çıplaklığın beni de çıplak bırakır,
ama yüzsüzlüğün asla beni yüzsüz yapmaz."

Merhaba sevgilim.

Sana bu mektubu, o sevdiğimiz sahil Kasabasındaki kahveden yazıyorum. Eylül, tüm hüznüyle yerleşti buraya. Akşamlar artık çok serin oluyor. Yanımda olsaydın her zamanki gibi ceketimi atardım omzuna. Ama yoksun. Belki de hiç olmadın. Yaşadıklarımızı düşünüyorum bu sessiz kasabada. Sonra bir şeyler yazıyorum sana dair, bize dair... içinde hiç adın geçmiyor... kendi gürültümü duyabildiğim bu sessizlik içinde, deniz kokularını dolduruyorum ciğerlerime. Sahilde bağıra çağıra şarkı söylüyorum tek başıma. Şarkılarda adın geçmiyor... balıkçı tekneleri, Eylül dinginliğinin içinden geçiyor... pata pata sesleriyle kulağımda yüzdürüyorlar sandallarını. Dağların esintisiyle gelen kuş sesleri, akşamüstü gamıyla, rakı kokularına karışıyor. Hayat burada çok yavaş akıyor. Kalbimin en sahiline siniyor kokun. Anılar bir film şeridi gibi gözümden akıyor... ama afişlerde adın hiç geçmiyor.

Sanırım unutuyoruz seni sevgilim. Yıkılası bir gurur yüzünden geçtim senden... benden... bizden...herkesten...

Bana aşık olduğunu söylediğin gün, hiç yemek yemedim. Açlığımı hissetmedim. Tüm gün yüzümde aptal bir gülümsemeyle dolaştım. Komşunun çocuğuna şeker aldım. Annemin yanaklarını öptüm defalarca. Sabaha kadar uyumadım. Ertesi gün erkenden gittim işe. Öğlen, herkese yemek ısmarladım. O gün inanılmaz bir enerjiyle çalıştım. Uyku uyumadan geldiğim işte, hiç yorgunluk hissetmedim. Sadece otobüste biraz dalmışım. İneceğim durağı kaçırdım. Yağmurun altında ıslanmak isteyerek yürüdüm. Annemden azar işittim eve gelince. Hiç aldırmadım. Kızmadım. Bozulmadım. Bana bunu sen verdin.

Bak şimdi Eylül buralar. Yalnızlığımı sınıyor hınzırca. Seni soruyor çaktırmadan. Terk edilmek zorunda kaldı diyemiyorum. Gelemeyecek kadar yorgun deyip geçiştiriyorum.

Sonra ansızın çekip gittiğin o gece geliyor aklıma. Bakışlarına yerleşen öfkeyle beni terk edişin. Peşinden koştuğumda benden hızla kaçışın. Sonra ansızın bastıran o yağmur... senin kaldırıma oturup ağlayışın... sanki yeniden yaşıyorum aynı sahneleri...

Ellerine uzanıp, kırılgan düşlerinden tutmak istiyorum... olmuyor. Çekiyorsun ellerini benden. Bir araba yanımızdan hızla geçip bizi ıslatıyor. Yüzünde karmakarışık bir bulut geziniyor. Ve ıslak duvarlara çarpıyor sesin "git benden!"

Durmadan bağırıyorsun "seni aldattım, seni aldattım, seni aldattım..." sonra titremeye başlıyorsun. Ceketimi çıkarıp sarıyorum seni yine. Bak şu anda da hala aynı ceket var üzerimde. Akşamları serin oluyor bu Kasaba. Ben hep bu ceketle çıkıyorum çarşılara... ben hep bu ceketle... ben hep... ben...

Sonraki günler seni aramakla geçti. Dönseydin... yine bana yalanlar söyleseydin; hazırdım inanmaya... o zaman da kanardım sana... dönmedin. Dönmezdin zaten. Dönmeyecektin. Belki de hiç gelmemiştin. İçinde adın geçen, kulağıma fısıldadığın şiirler de yalandı belki. Bak hala aynı şiirleri okuyorum. Ama içinde adın geçmiyor.

Bir nehir gibi aktı sonraki günler. Hayretim ve şaşkınlığım geçtikçe, yerini öfke ve intikam almaya başladı. Aldatılmayı hak etmemiştim. Ağrıma gidiyordu böyle kalakalmak. Kapımdan sonbaharı süpürmeye başladığım anda, karakış gelip oturuyordu eşiğe.

Sonra dostlarımdan duydum; aldatıldığını, terk edildiğini, yapayalnız kaldığını ve kapını hiçbir dostunun çalmadığını. Öyle izledim seni uzaktan. Önce avurtların çöktü, sonra saçlarında beyaz teller belirdi. Omuzların dökülüyordu bu yalnızlığı taşımaktan. Seni hep izledim uzaktan. Adını kazıdığım bankta sabahladım çok geceler. Ama artık adın yazmıyordu o bankta...

Bu Kasabada da seni soranlar var hala. Balıkçılar "nerde o" diyor. Gülümsüyorum uzaktan. Sessizce geçiyorum ağların arasından. Bir hüzün kaplıyor içimi sonra. Tutup bir de ağlıyorum kaçak kaçak. Sonra yine aklıma düşüyor hikayemiz. Seni uzaktan izlediğim günleri hatırlıyorum. İşinden çıkarıldığın ve sana kimsenin sahip çıkmadığı günleri. Hani elektrik faturanı ödemediğin için evinin elektriğini kesmişlerdi? Birikmiş borçlarını ödeyip elektriğini tekrar açtıran bendim. Posta kutundan ağlayarak çaldım o faturaları. Titreyen ellerimle uzattım vezneye parayı. Sen benim içimi karartıp gittiğini çoktan unutmuşken, ben senin evini aydınlattım sen hiç bilmeden. Bendim seni o karanlıktan kurtaran ışık. Sonra senden çaldığım o faturalara baktım üstünde hiç adın geçmiyordu....

Dün o sevdiğimiz balıkçı meyhanesinin önünden geçtim. Şaşı Agop, dudağının kenarında duran külü uzamış sigarasıyla bir şeyler geveledi durdu ağzında. Yine her zamanki gibi gülümseyip el salladım. Seninleyken de öyle yapardık hatırladın mı? Kış gelince biraz daha tenhalaşıyor meyhanesi. Yalnızlık bir örtü gibi düşüyor tahta masalara. Yalnızlık, çırılçıplak bırakıyor adamı sevgilim.

Sen gittiğinde öylece durdum şehrin ortasında. Çırılçıplak hissediyordum kendimi. Sanma ki sebebi beni terk edişindi. Sebebi; düştüğün bu hallerin, seni çırılçıplak, üryan bırakmasıydı. Evet! Sana uzaktan bakarken, acınla acılanıyor, çıplaklığınla çıplak kalıyordum. Ortak bir çıplaklığı kanatıyordum sen bilmeden. Acınacak hallerine ancak kendimi de acınacak hallere düşürerek katlanabiliyordum.

O günlerde hiç çıkmadım karşına. Gururum buna hiç izin vermedi. Ama her zaman seni ayakta tutan o gizli el oldum. Hatırlıyor musun sana iş teklifinin geldiği günü? Evet! Tahmin ettiğin gibi ben bulmuştum o işi. Sen anlama diye tembih etmiştim patronuna. İlk ay alacağın maaşı da sana versin diye ben vermiştim peşinen. Sonra giderek iyiye doğru yol aldın. Yalnızlığın azalmaya başladı. Eski dostların adını anar oldu. Ben de konuştum çok kez onlarla... ama adın hiç geçmedi...

Şimdi bu sahil kasabasında bana gönderdiğin mektubu okurken bir kez daha içim kanıyor sevgilim. Satırlarını seçiyorum özenle, "gel" diyor. "yeniden başlayalım" diyor. "pişmanım" diyor. Ve beni hala sevdiğini söylüyor o satırlar. Ben de seni hala seviyorum. Ama sevgilim, mektubunda hiç özür geçmiyor? Sence bana ufacık bir özür borcun yok mu? Seni affedeceğime o kadar eminsin ki mektubunda "affet beni" bile demiyorsun. Benim anlayışımda buna düpedüz "yüzsüzlük" denir sevgilim. İşte bu yüzden cevabım hayır! İşte bu yüzden istemeden de olsa seni terk ediyorum. Aslında ben terk etmiyorum, sen terk edilmek zorunda bırakıyorsun kendini.

Sevgilim; Çıplaklığın beni de çıplak bırakır, ama yüzsüzlüğün asla beni yüzsüz yapmaz.

Mektubu kapatıyorum. Üzerine adını yazıyorum. Adı, mektubun üzerinde hiç geçmiyor. Yazıldıkça siliniyor.

"Faraza bu aşkta
değişmediğinle kaldın. Ben
değişmezliğinle çözülüp
değiştirmedim kendimi.
Sabrım vardı da tükendi
değil. Sabırsızdım sadece
kabul ettim bana sunduğun
seni. Olduğun gibi!olur
dedim kaldım!"

"neye inanmak gerektiğini bilmemenin en rahatlatan yanı; neye inanmamak gerektiğini bilmektir."

Neye inanmak gerektiğinin arayışı içine giren kişi, kendisinde bu tür bir boşluk, eksiklik olduğunu bildiği için böyle bir eyleme yönelir. Böylesi bir yoksunluğun ayırdına varamayan, varsa da önemsemeyen kişi için hayat zaten beslenmeden öteye geçemez. Neye inanmak gerektiğinin peşine düşen kişi, böylesi bir eksikliği keşfeden ve bundan rahatsızlık duyan kişidir. Bu arayışın fitilini yakansa, hayatın kendisine cömertçe sunduğu deneyimlerden, derslerden, yanılgılardan feyiz alarak, en azından artık neye inanmaması gerektiğini öğrenmeye başlamış olmasıdır.

"HÜZNÜ DİBİNE KADAR YAŞAYABİLEN İNSAN DA DAYANILMAZ BİR YALNIZLIK İÇİNDE OLDUĞUNU SANIR. OYSA O, "HERKES"LE "HİÇ KİMSE" ARASINDAKİ GEÇİŞ NOKTASINDA KISA BİR MOLA VERMİŞTİR.

"Ama içime dokundun
bir kere .
Parmak izlerin
duruyor bakışlarımda.
Nereye baksam
senden bir iz bırakıyorum.
Bu aralar kendime hep
suçüstüyüm.
Islah olmaz bir özlemim ve
korkak bir mantığım var.
Tek dinginliğim
kelimelerin."

Doğum günü

Bugün senin doğum günün sevgilim. Belki farkında bile değilsin. Uzaklarda ve yapayalnızsın biliyorum. Bugün yanında olmayı o kadar çok isterdim ki... ama bir türlü gelebilmeyi beceremiyorum işte. Her yıl, "bu yılda olmadı. Bir sonraki doğum gününe inşallah" diyorum. Ama olmuyor işte. Ben yine buralarda sensiz, sen yine oralarda bensiz. Yıllar geçtikçe daha da bir hüzünleniyorum biliyor musun. Sanki her doğum gününde sana biraz daha yaklaşıyormuşum gibi geliyor. Yanında olamasam da... dipte yüzen bir deniz altının batması gibi bir duygu sarıyor içimi. İç kapaklarım su alıyor.

Bugün senin doğum günün sevgilim. Yalnız kalmanın; hele hele doğum gününü yalnız geçirmenin ne demek olduğunu iyi bilirim. Tıpkı o şarkıdaki gibi, yani; gökyüzünde yalnız gezen bir yıldız gibi hissediyor insan kendini. Bilirim, etrafında sahte kalabalıklar olması yerine, o günü yalnız geçirmeyi tercih edersin sen. Ama yine de en azından ben olmalıydım yanında diye düşünüp ağlıyorum.

Bugün senin doğum günün sevgilim. Biliyorum yalnızsın. Ama kimsesiz değilsin. Çok yalnız olduk ama hiç yalnız kalmadık. Dostlarla hep seni anıyoruz. En sevdiğin çiçeklerden bahsediyoruz. Dualarımız bile sana dair.

Sensizim biliyorum. Kendimi kandırıyorum yokluğunda. Geceleri yastıktan sevgilimsin benim. Gündüzleri, gözüm açık gördüğüm hayal... "insan yalnız kalmaz. hayatı boyunca peşinden sürüklediği onlarca, yüzlerce gereksiz insanla beraber susar." diyen kontrol gurubu ne kadar da haklı... Senin de öyle bir yalnızlık anlayışın vardı hep. Ama şimdi gerçekten yapayalnızsın ve etrafında boş kalabalık yapacak sahte yüzler bile yok. Ve bugün senin doğum günün sevgilim.

Yalnız kalmak, aslında "hep birer yalnız" olduğumuzu anlayamamaktan gelir sevgilim. Evet! Hepimiz birer yalnızız. Sadece kuru kalabalıklar içinde bunu anlayamıyoruz o kadar. Sen üzülme sevgilim. Biz seninle birlikte yalnızız... kimsenin hiçbir şeyiyiz. Aldırma sen bu dünyaya... insan sosyal bir varlıktır diye diye insanı yalnızlaştırıyorlar.

Bugün senin doğum günün sevgilim. Şimdi senden uzakta, benim için yaptıklarını hatırlıyorum. Aynaya bakıp kendime "iyi uykular" dediğim, kendimi dinlemekten korkup kaçtığım, bir battaniyeyi katlarken karşımda, diğer ucunu tutup bana yardım edecek birinin olmadığı, telefonumu evde unuttuğumda, akşam gelince heyecanla ekrana bakıp, kimsenin aramadığını gördüğüm, hapşırınca kendime "çok yaşa" diyerek güldüğüm, şemsiyemin altında hep tek başıma yürüdüğüm günlerde gelmiş ve tüm yalnızlığımı alıp, bana sadece senden yapılma bir kalabalık vermiştin.

Öyle çılgındın ki; Adapazarı'na, babaannene giderken tuvalet aynasına "benimle evlen! Yoksa seni döverim" yazmıştın. Sana binlerce binlerce kez "evet" diyecektim... Adapazarı'ndan dönseydin..."

On yedi ağustos depreminde ölen Z.K. anısına"

"aşkın bizdeki yeri;
benden sen sonra, senden ben önce."

"aşkı angut gibi yaşamalı insan"

Birbirlerini acılarından tanıdılar. Derin bir ormanda kaybolmuşluklarının ardından, cennetten koparılıp çalınmış bir göl kıyısında karşılaştılar. Önce uzun uzun baktılar gözlerine. Aralarında yapılmış, gizli bir anlaşmaya uyar gibi yürüdüler sonra aşkın onlara sunduğu hayata..

Aşk; birlikte yapılan bir deneme uçuşuydu onlar için... kendi içinden defolup gitmek, bir başka iç'te yeniden yürümekti. Tekken bile yalnız olmamaktı... çekinmeden içilen bir ruh zehriydi... mağlubiyetin zaferiydi... gözün değil, beynin gördüğüydü... tüm güneşlerin senden batıp, sevdiceğinden doğmasıydı... her şeyle hiçbir şeyin bitmeyen dansıydı... katiline, yar diye bakmaktı aşk...

Çok sevdiler bu aşkı. Aşk da onları sevdi. Körpecik bedenleriyle, adeta gökyüzünde süzüldüler. Bir masal ülkesinde yaşayan prens ve prenses gibiydiler. Daha çok gençtiler.

Derken, ellerinde çirkin silahlarıyla aşk avcıları geldi! Bir ağacın arkasına saklandılar. Cennetten koparılmış o gölün kıyısında gezinen iki küçük, körpe aşığa nişan aldılar. Önce prensese çevirdiler namluyu; tereddütsüz bastılar tetiğe. Göğsünde bir saçma ölümle devrildi prenses kanlar içinde yere. Prens ne olduğunu anlayamadı. Önce ağlamaklı baktı sevdiceğinin ölü bedenine, sonrada ağacın arkasında saklanan aşk avcılarına... yüzünde katil bir gülümsemeyle seyretti onları aşk avcıları. Sonra saklandıkları yerden çıkarak yürümeye başladılar prense doğru.

Prens onlara hiç aldırmadı. Gözünü ayırmadan ölü sevgilisine baktı. Birazdan öldürülme sırasının kendisine geleceğini biliyordu. Ama buna hiç aldırmadı. Kaçmadı... ölümüne sevmek, ona aşk diye kodlanmıştı. Sevdiceğinin ölüsünün başında öylece bekledi.

Aşk avcıları yanına kadar geldi. Namluyu genç prensin kafasına dayadı. Genç prens, gözlerini yarinin feri sönmüş gözlerinden hiç ayırmadı. Baktı, baktı, baktı... aşk avcısı tetiğe bastı... kıpkırmızı bir kan aktı, aktı, aktı... ölüm sadece bir saniye yaşadı...

Uzaklardan bir şarkı duyuldu "aşk ölmez biz ölürüz"

Avcılar, ellerinde iki genç Angut ölüsüyle ormanın derinliklerinde kayboldu

Not: Angut; ördekgillerden, tüyleri kiremit renginde, evcilleştirilebilen bir yaban su kuşudur. Bu kuşlar, tek eşli olarak yaşarlar ve ölen eşlerinin yanı başında, kendileri de ölene kadar beklerler. Bu kuşlar, ölen eşinin gözlerinden gözlerini ayırmaz; kendi ölümüne kadar yas tutarlar.

Keşke insanlar da aşkı böyle yaşayabilseydi ve aşk angutluktur demek, küfür gibi gelmeseydi...

"Söyle sevgili şimdi hayatında bir kayıp mıyım? Bulunmaz... Açık bir yara mıyım? Sarılmaz... Tehlikeli bir yol muyum? Gidilmez..."

BİZ ACIDAN DELİRDİK EN ÇOK

Her yana suskunluk düşüren güncelerin
ve esrik mısraların aymazlığında yakalandım küskünlüğe
ağır aksak geçtim dünden
dirilsin diye beklerken
gün sancılı uykular böldüm karanlığa
saklımda nice şarapların durgunluğu

biz acıdan delirdik en çok
var ile yok arasında
sevdanın araf'ında
yer tutmadı çiçeklerimiz

sakince dokunup bahçendeki çiçeklere
anlatmak isterdim sana hangi topraktan söküldüğümü
isterdim ki al beni koynunda kurut
uçuk renkli bir gül gibi
sonra baharın ılık nefesi kesilirken
çocukluğumdan başla yırtmaya
sana dokuduğum düşleri

biz acıdan delirdik en çok
var ile yok arasında
sevdanın araf'ında
yer tutmadı çiçeklerimiz

korunmasız geçtim ateş hatlarından
ve yalnızlığın ağır aksak yalınlığından
yine de yakmadım ellerini korkak adamların
ve takmadım göğsüme çarpıntısını ürkek kalplerin
yaklaşmadım soğukluğuna siyahın
dahası aramadım kaybolan rengini gökkuşaklarının

biz acıdan delirdik en çok
var ile yok arasında
sevdanın araf'ında
yer tutmadı çiçeklerimiz

"kendimi buldukça seni kaybediyorum"

KOLAYIMA GELMEDİN, ZORUMA GİTTİN

"Yoldaşım! Zamanla unutulur bu kalleş kahır, diner acısı ayrılığın. Gidilecek uzun bir yolumuz var daha; senin için senden vazgeçebilirim. Bir boşlukta karşılaşmıştık ilk kez, bir başıma başka bir boşlukta da yol alabilirim. Haydi, beni bulduğun eski, yalnız sokağa bırak yine. Şimdi gitmek vakti... Biliyorum gitmek, bazen en çok kalmak. Ne olur; bu defa da giderken en çok kal ya da yanında en çok beni götür olur mu?" (A.Altunhan)

Bir kâğıda sığar mı bir yürek?
Ya da bir yürek kadar büyük olabilir mi bir kâğıt?
Daha sana yaralarımı göstermedim.
Kaldı ki ben,
Senden önce kendime tehlikeyim.

Üşüme diye çıkartmıyorum ceketimi.
Astarında paylaşmıştık ortak bir aydınlığı.
Gitmeseydin gözlerimin içinden okuyabilirdin adını.
Biriktirme unutacaklarını!
Oyuncak tabancalar kadar yalan,
Hüzündür yakama iğnelediğim yamam.
Hangi çığlığıma anahtar olabilirdin?
Beni bir gülle bıçakladığın zaman...

Gitmişsin işte çekiştirip durma adımı.
Tülden bekleyişler kımıldanıyor ardın sıra bil!

Ey gözlerimin arka bahçesi!
Bu dağa tırmananlar düşer,
Seyredenler değil.

Yitik bir aşkta uyuyakalmış,
Kırıp kırıp büyüttüğün yüreğim.
Meğer aşkı yazıp yazıp satırlara sıkıştırmışım.
Öyle durulup durulup.
Oysa ölmek ve düşmek ne güzeldi,
Yârin gözleriyle vurulup...

Bir rüzgâr esse senden, geçmişim üşüyor.
Sesin kulağımdan düşüyor.
Ben sadece,
Gidişine dayanabilecek kadar ayaktayım.
Daha fazlasını verme!

Ey yar
Böyle çok çorak bekledim.
Kolayıma gelmedin,
Zoruma gittin...

"Taş duvarlar yanmaz bilirim. Büyük yangınların isini giyinirler."

SUSACAK VAR

Her son
bir sayfa daha uzatıyor öykümüzü
her son
ölümsüz bir başlangıç
sen her defasında ilk
ben hep senin aşikarın

yanlış bir öyküde yalnızım
sil bütün yazdıklarımı
beni sen yaz
yaz ki geçsin
okudukça çoğalıyor zaman

doğru
çabuk eskitirim yeni bir ben'i
hiçbir şey dayanmaz serseriliğime
daha denemeden
kol ağzından başlarım söylenmeye
susamam ki
ki izin versen konuşmama
neleri söylemem
an-la-ta-ma-dım hala
sen susunca
sayfalar karışıyor öykümüzde

sen susunca
yalanlar bulaşıyor sözlerime

sen kavuştur bu sefer kalemi kağıda
okuduklarını önsöze say
ve senin olmadığın bir öyküde
beni yeniden yaz!

"Deniz aşırı bir kasabada su katılmamış bir hayat, su berraklığında ama sudan bahanelerle araya nehirler yarmayan ve yaşartmayan sözler istiyordum!"

Kadınlar

Kadınlar ömürlerinin yarısını ne istemediğini öğrenmekle geçirir. Kalan yarısını da ne istediğini bilmemekle. Peki, akıllı kadınlar neden yalnızdır? Cevabı uzun... ama erkek egemen toplumlarda çok normal. Adeta bir kural.

Televizyonla beslenen, medyatik refleksli toplumumuzun bazı erkekleri, gücün ve iktidarın karşı cinse geçmesi halinde çıldırıyor. Bir aşağılık kompleksi durumu yani... cennet anaların ayakları altında deyip, kadın döven zavallıların düştüğü acz...

Erkek hep zeki kadından hoşlanır ama zamanla bu zeka yarışında yenilince kızar, küser ve ağlar. Tıpkı yenilgiyi hazmedemeyen bir çocuk gibi. Zeki kadınlar erkeklerin çocuk alt beyinlerinin gelişmediğini bilirler. (gelişmez çünkü doğurganlık yoktur) Şirket sahibi, yönetici hatta başbakan bile olsalar "aslında" onların hiç büyümeyen bir çocuk olduklarını unutmazlar ve akılları sayesinde her zaman onların istediğini yapıyormuş gibi davranıp, kendi yasalarını uygularlar. Zavallı erkek, iktidarın hep kendisinde olduğunu sanır.

Akıllı kadınları yanlarında taşımaktan hoşlanan erkekler, zamanla onlardan kaçmanın yollarını ararlar. Çünkü kadın, zekasıyla üstünlüğü ele geçirmiştir. Erkekse kendini eksik ve iktidarsız hisseder. Hem akıllı kadından hoşlanır, hem de akıllı kadından korkar ve kaçar. Yaşadıkları ilişki boyunca yanındaki sevgililerinin zekasıyla övünürken, o zeka kendilerine karşı kullanıldığında öfkeden çılgına dönerler ve hatta kaba kuvvete başvururlar. Bu yüzden akıllı kadınlar hep yalnızdır.

Erkeği onu kandırdığını sanırken, o çoktan ilk kaçamağı yakalamıştır. Telaş yoktur. Çünkü derinlere sessizce inilmelidir ki korkup kaçan olmasın. Bunu düzgün sevdikleri için yaparlar. Amaçları rezil etmek değil, kendisine yapılan haksızlığı tam ve doğru olarak bilme hakkını elde etmektir. Yarım yamalak nefretleri sevmez akıllı kadınlar. Öfkesine değecek düşmanlar lazımdır onlara...

Akıllı kadınlar her şeyini verir ve her şeyini alır. Acıları boylarını aşsa da gıkları çıkmaz. Dillerinde pişmanlık cümleleri dolaşmaz. Kendine olan saygılarını ve ayaklar altına almadıkları gururlarına sahip çıkarlar. Kan kusarlar ama kızılcık şerbeti içtiklerini söylerler.

Akıllı kadınlar erkeklerini başkalarına ezdirmezler. Kendileri ezerler. Bunu gururlarını incitmeden yapmaya çalışırlar ama sonunda hep haksız olan onlar olur. Onlar önce susar, sonra sorgular, ondan sonra da cevap verirler. Sustuklarında dillerini dikenli tellere dolar, konuşunca önce kendileri kanarlar... Akıllı kadınların "konuşacak çok şeyleri olduğu için suskunlukları da büyük olur"

Akıllı kadınlar kendini ezdirmez.

Akıllı kadınlar salağı oynayamaz.

Akıllı kadınlar kendilerine haksızlık etmez.

Akıllı kadınlar "mış" gibi yapmaz.

Akıllı kadınlar aşıkken de akıllıdır.

Bu yüzden hep yalnız kalırlar.

"İÇİNDEKİ YOLCULUĞUM BURADA BİTİYOR.
MÜSAİT BİR YERİNDEN İNECEK VAR."

bAŞKarizmalar

"Senden değil, seninle karşılaşmaktan korkuyorum"

....

"yarın yeni bir gün doğacak hikayeleri, inananını kanatır en çok."

....

"DÜŞECEĞİMİ BİLDİĞİM BETONLARDAN KORKARAK ATLAMADIM BEN BU UÇURUMA"

....

"Ağrıyı içimde tutuyorsam hep; Hasmımla savaşımı göremesin diyedir düşmanlarım."

....

"yokluğunun varlığına sığınarak da yaşayabilirim"

....

"VERDİĞİN GEÇİCİ RAHATSIZLIK İÇİN, ÖMÜR DİLERİM SENDEN"

....

"bir insan iki kuyuya aynı anda gözlerinden düşebilir. İtme"

....

"ama gitme. Daha saat "hoşça kal"ı göstermedi. Bitme"

....

"sonralardan korkanların "şimdi"leri de olmaz"

....

"piçleşmiş kaldırımlardaki bu intihar saldırılarına kaç şakak dayanır"

....

"Satır aralarımı satırladım
Kan oldu satır satır
Geceye satırla saldırdım
En çok kendimi yaraladım"

....

"DOĞRU BİR İNTİHAR GİRİŞİMİMDE YIKANIP
YANLIŞ İPE ASILMIŞ İDAM GÖMLEĞİYDİ GECE"

....

"Gözünde kanarsa yaran
Sargıdır göz kapaklarım"

....

"Aşk işte
Okurken başka
Yaşarken başka olan
Ve
Her gece şairim ben
Gülleri bırakıp
Dikenleri toplayan"

....

"Aşka dul kadınlar
Yalnızlığa evlidir"

....

"sereserpe yaşayın beni"

....

"ben yalnızca beni hatırlamak için yazıyorum. benim bu hafıza ayıpları"

....

"kısır kelime doğurganıyım"

"RAST GELE SEVİLMİŞ DEĞİLDİN Kİ, REST ÇEKİLİP GİDİLESİN"

"HER SEVDA YENİ BİR "KEŞKE"YE YER AÇIYOR YÜREKTE"

"sen sende var mısın bende kaldığın kadar"

"Daha kaç kez ölür insan
Adına aşk denen bu intiharda"

....

"Nasılsa her cinayete bir katil bulunur"

....

"Hiç gelmemişin gidişine inanmışsın"

....

"HİÇBİR SİLAH KENDİNİ VURMAZ"

....

"KORKMAK DEĞİL BU. KORKUDAN KORKMAK BENİMKİSİ"

....

"kendimi sende kalabalık buluşum belki de bundan"

....

"seni sevmek en gizli ağlama biçimimdi "

....

"sende hiçbir şeydim
sen bende her şeyken"

....

"sizin hiç göz yaşlarınız alnınıza aktı mı?"

....

"hayaletlerden korunmak için en iyi kalkan yorgandır"

....

"HERKES GEÇ KALDIĞI KADAR VARIR HAYATA"

....

" UNUTMAK KENDİNİ ONARMAKTIR, YENİ YARALAR AÇARAK İÇİNE"

....

"elimde dünden kalma yarınlar"

....

“BUGÜN GÜLLERDEN SARI”

....

“hüznünden yapılma şen kahkahandan tanırım seni”

....

“içinden kusamadıkların beni zehirler en çok”

....

“sanırım uykun geldi; çünkü gözlerim kapanıyor”

....

“onlar aslında sadece kendi yalnızlıklarını çoğaltıyorlar; seni yalnızlaştırmaktan duydukları hazzı sürerek hayatlarına”

....

"İÇİNDE ELLERİN OLMAYAN HER ŞEY SADECE KALABALIK"

....

“bilmediğim dillerde gülüyorsunuz”

....

“sen ölürsen bu düşte, bilki önce beni gömecekler”

....

"ve bilir misin ayrılmak vazgeçmek gibidir. Doğru değildir ama gereklidir. Çünkü hayat olduğu gibidir; olması gerektiği gibi değil..."

....

"KARANLIK KARANLIKLA SİLİNMİYOR"

....

"yaşamak için erken, ölmek için geç"

....

"SEN YİNE DE YAVAŞ DÖN YATAĞINDA. YOKSA DEPREMLER OLUR İÇİMDE"

....

"ödünç aldığımız külleri ateş ödedik"

....

"bütün istasyonlar gidişine susmayı öğreniyor"

....

"aşka inanmak kendini sevmektir"

....

"aşk iki kişilik bir yalandır"

....

"ben hiç mutluluktan delirmedim ama delirmekten mutluyum"

....

"erken bastırmış bir yalnızlık ihtilali gibi merhaban"

....

"SENİ ONARIYORUM, KENDİMİ YARALAYARAK"

....

"AŞKIN, KENDİNİ ÖLDÜREBİLECEK KADAR CESUR OLMALI"

....

"acılar büyütülerek unutulur"

....

"SENSİZLİĞE ALIŞMAK BİR BOZGUN AĞIRLAMAKTIR"

....

"uçurumlar gölgeler için yaşar"

....

"aşkı acıyla yaşarım. Canım yanmazsa o hazzı hissedemem. Hüzünsüz bir aşk insanı bir sonraki aşkta silahsız bırakır ki hüzün çok adildir. Hiç kimseyi atlamaz."

....

"Acının yan etkisi, güçlü bir karakter armağan etmesidir size..."

....

"Kadın, her zaman kendini erkekten daha duygusal bulur. Ama neden dünyanın en iyi şairlerinin ve aşçılarının erkek olduğu sorusunun cevabını veremez."

....

"Yazdıklarını beğenen yazar, iyi bir yazar değildir"

....

"BANA GELDİĞİN YOL, AŞK İZLERİNLE DOLUYDU. BİR DOLU AŞKIN İZİNİ ÖRTÜYORDU ŞİİRLERİN. GELMEK EYLEMİ PÖRSÜMÜŞTÜ ADIMLARINDA... OYSA BEN, GELİŞİNİ "MİLAT" SAYACAK KADAR BAŞLIYORDUM AŞKA..."

....

"Kaybediyordum kendimi. Bunun bilincinde olmaktı aşk! Bilinçli bir kayıp, kayıplı bir bilinç ve aklımı yok sayıp beynime yerleşen aşk."

....

"seni sevmemek için neden aradıkça ve "neden'ler buldukça seni daha çok sevdim"

....

"Sol yanıma yatsam seni uyusam, hep rüyada kalsam"

....

"Seni seviyorum'lar düştü dilimize her bağırışın ardından.

....

Seni seviyorum'lar düştü dilimizden, ellerimiz ellerimizdeyken"

....

"ŞİMDİ SÖYLE;BU DENİZİN DİBİNDE, BU GEMİNİN KIRIK-DÖKÜK GÜVERTESİNDE, BU YIRTIK YELKENLE, BU YÖNSÜZ RÜZGARIN İÇİNDE BU AŞK NEREYE GİDİYOR USTA?"

....

"Bu gece geç bir vakit ömrümde. Oturduğum masada şaraplık bir tat, tütünde tutuksuz bir nefes. Yetişme bana, geç kal! Erkenciliğin değil miydi, bize koca bir geleceği geciktiren?"

....

"Okunan, dinlenen ama bilinmeyen... Söylesem, dilimde kekremsi bir tat bırakırdı. Sustum, dilimle geldi bütün belalar."

....

"Sayısız dirilişte aynı yemin! Döndüğüm sözümde hayâsız yalan. Tek varlığım ve tek yokluğum... Yaram ve merhemim... Kazanmadığım ama hep kaybettiğim. Evet, buydu aşk!"

....

"Burkulan yanıma yerleşen yalnızlığına eş, diğer yanımda onmaz bir gelecek... Artık bir gece bu karanlık! Gelme, kendim kendimi avuttum!"

....

"GELMELERİN VE GİTMELERİN ÜZERİNE KURULU DÜZENEĞİMİZDE, HABERLİCE GELİYORSUN, BEN YOKUM! GİDİYORSUN, ARDINDA BİR TEK BEN KALIYORUM."

....

"Şairinden satın alınan çok kullanılmış yalnızlıklar bir beden küçük gelirmiş alana."

....

"Düzelirsem, uyku olur duruşum. İşlenirsem rakam olur varlığım.

Bilenirsem kopar inceliklerim. İflaha yol kapatacak durumdayım ve iyiyim!"

....

"Pişman değilim ama keşke soran gözlerine konuşmak yerine "susacak var" diye bakabilseydim."

....

"O BENİM İÇİN GEÇMİŞE ANIT BIRAKILACAK KADAR DEĞERLİ; GEÇMİŞTE BIRAKILAMAYACAK KADAR GEREKLİYDİ. GELECEK VAATSİZLİĞİNE RAĞMEN ŞİMDİMDİ VE BELKİ DE DÜŞLEYEMESEM DE YARINIMDI..."

....

"Bu öyküde gündüzlerden çoktu gece. Hesaba kalkılsa elde birikirdi gece. Hesaba girişilse yok olurdu az bir gündüzde. Belki de gece, bu aşkın yaşanma haliydi. Ve belki de gece, aşkın yaşanma şekliydi"

....

"SENİNLE GERÇEKLERİN İNTİZAMLI DURUŞUNDA YALANLAR YUMAĞINI ÇÖZMEK İÇİN VARIM."

....

"Yaralar değil can yakan. İzin tendeki çirkinliği ve merhemin kabadayı yardımseverliği"

....

"ŞİMDİ DİYE BAŞLAYAN BİR CÜMLENİN DEVRİK ÖZNELERİYİZ."

....

"Çok sesli bir yalnızlık oldu şimdi güncem. Boş boş sayfalarda anlatamadıklarımın anlamı var"

....

"Her başlangıç bir son, her son bir başlangıç... Kaybetme kaygısı, terk edilme korkusu ve meydan okurcasına sevme duygusu... Aşk tanım kabul etseydi sadece şunu yazardım: Zıtlık!"

....

"biz bir zamanlar kavgalar içinde de olsa bir aşkı paylaşma hoşgörüsünü gösteriyorduk birbirimize. Biz, bir zamanlar bizdik."

....

"KAYBETME KORKUM OLMASA SAHİP OLABİLİR MİYDİM SANA?"

....

"adımlara dar gelen kaldırımlar, saniyelik bakışmalarla büyük aşklar yaşamayacak kadar uzun vadeli yenilgiler isteyen insanlarla dolu"

....

"Yolsuz ve yolcusuz yolculuklara içimde çıktım. Ben kendimi, içimde kaybettim."

....

"Susmuşum... Bir baharın bedeliydi bu..."

....

"Dört doğru seni götürdü"

....

"Her sezon indirimde acılar"

....

"SEN ÇIBAN GÜLÜ, BEN DİKENİ"

....

"Anne bak yine terli terli aşk içtim. Ateşim düşmüyor yarin yüreğine."

...

"iyiki"ler, insan hayatından giderken getirdiklerini bırakır; "keşke"ler, gelirken götürdüklerini

...

"bulduklarını, ararken kaybettiklerinden daha azsa, geri dönüp düşürdüklerini toplamalısın"

"Eyvallah"